PARSNIPS AND OWLS 3

Even more short stories in Welsh based on Duolingo's 'Stories'

STEPHEN OWEN RULE

FOREWORD

I was surprised enough when the first iteration of *Parsnips and Owls* received so many wonderful reviews, so imagine my surprise when Parsnips and Owls 2 did just as well!

To know that people were enjoying and, more importantly, learning from my books has yielded a feeling of such warmth and pride. It's truly amazing how much one can learn from such short stories — especially when they're written in colloquial language and coupled with humble grammatical notes and a series of questions to test knowledge and understanding.

The aim was always to bridge the gap between learning languages on Duolingo (and other platforms) and using Welsh in the wild. I like to think that the Parsnips and Owls series has done that somewhat. With over 2000 sales combined for Parsnips and Owls 1 and 2, I'm comforted by the potential that learners have taken both knowledge and enjoyment out of them. If you've picked one up over the last couple of years, **diolch yn fawr iawn**.

If you're buying this book without having encountered the first two, don't worry. Yes, I've tried to encourage more natural acquisition of language in this edition by providing less explanations of – what I deem to be – *simpler* language, but what's language learning if not a challenge? I'll be the last person to implore you to go and buy the first two books, but, if you're relatively new to Welsh, I must admit you might find those ones a tad more welcoming and easier to navigate... for now, anyway!

This version of *Parsnips and Owls* – much like the previous iterations – follows much the same structure and layout as before. I've tweaked a few things here and there owing to some gratefully received feedback from users, but those with experience using the previous books should be well-versed in this one. I explain the layout more clearly on the next page.

Keep the feedback coming, but, more importantly, keep exposing yourself to this incredible language.

Mwynhewch! | *Enjoy!*

LAYOUT

Reproducing both the aesthetic and the success of Duolingo's Stories in written form was obviously going to take more effort than simply discovering and using the appropriate font!

It's the interactive nature of Duolingo that has rendered the 'sit down with a language book', traditional method of acquisition largely redundant in our modern, digital world. It was never going to be an easy task to offer the same efficiency that is gained from the app itself when rendered in a written-down format.

As you'll find, I've done my best to offer a table after each story that can be filled in by the user to reinforce the learning of new vocabulary, which is the best way I could find to replicate Duolingo's similar task offered at the end of each of its stories.

I have used a footnote system of numbering difficult or interesting terms and phrases in each Story to explain them, doing its best to mirror the ability for users of the app to hover over or tap any word to unveil its meaning.

Finally, one of the most wonderful parts of Duolingo Stories – actually reading the texts out loud – simply cannot be done in written form. For this, I can only offer the reader the advice that speaking the words to yourself – howsoever confident or otherwise you are – will definitely go a long way in aiding your Welsh proficiency.

There is also a comprehension section for each Story but, unlike Parsnips and Owls 1 & 2, they come immediately after the grammar notes sections, instead of at the back of the book. Answers are written at the bottom of each set of questions, with each question and each answer written with English translations below. Although I've intentionally used more dialectal language in the Stories, I've done my very best to use more standardised language in the comprehension sections; for example, it will prefer '**nac ydy**' (= *no, he/she/it isn't/doesn't*) over '**na(c)'di**' (which can be found in the Stories). Clearly, there will be numerous ways to successfully answer any and all of the questions posed in the comprehension section. Always remember this, and never despair if your answers differ from those suggested; they're probably correct too!

Finally, if you're having trouble understanding any of the stories, why not scan over the comprehension section to give you some clues about what's going on? Just an idea.

RHESTR STRAEON | *List of Stories*

Y STRAEON

The Stories

1

SWYDDFA'R RHEOLWR

Mae Elan angen mynd i swyddfa'r rheolwr achos mae hi isio ei[1] weld.

Rheolwr **Eisteddwch. Dw i isio siarad efo chi.**

Elan Weloch chi'r adroddiaday[2] wnes i roi ar eich desg? *report*

Rheolwr **Do, y tri ohonyn nhw.**

Elan Ac oeddech chi'n hoffi fy nghyflwyniad bore 'ma yn ystod y cyfarfod?

Rheolwr **Roedd o'n ddiddorol iawn.**

Elan Ac oeddech chi wedi mwynhau'r gacen wnes i baratoi ar gyfer pen-blwydd Ffion?

Rheolwr **Do, wir. Roedd hi'n flasus iawn.**

Elan Gwych! Ac mae'n ddrwg gen i. Mi wnes i gyrraedd yn hwyr ddoe.

Rheolwr **Oeddech chi'n hwyr?**

Elan Hwn oedd y tro ola', dw i'n gaddo[4]! Mi wna' i gyrraedd bob tro am saith o'r gloch y bore o hyn ymlaen!

Rheolwr **Does dim angen...**

Elan	Mi fydda i'n gweithio'n hwyr hefyd. Bob dydd!
Rheolwr	**Does wir ddim angen.**
Elan	Pam?
Rheolwr	**Achos 'dych chi ddim yn gweithio yma, Elan!**
Elan	Hmm, ydy hwnna'n broblem?
Rheolwr	**Ydy!**
	A d'eud y gwir... pwy 'dych chi?
Elan	Elan 'dw i ac dw i'n frwdfrydig _Keen_ iawn!
Rheolwr	**Braf eich[1] cyfarfod chi, Elan.**
Elan	Ga' i roi fy CV i chi?
Rheolwr	**Taswn i'n derbyn eich CV, fasech chi'n gadael?**
Elan	Iawn!

The three of them	y tri. chonyn nhw
Very interesting	ddiddorol iawn
I promise	(g)adffo
There's no need	does dim angen
Would you leave?	fasech chi'n gadael

NODIADAU GRAMADEGOL | *Grammatical Notes*

1. Although saying **ISIO (G)WELD O** (= *wants to see him*) is perfectly fine in speech, the construction **ISIO EI WELD** is more 'correct.' This happens in all Celtic languages, as well as non-Celtic languages such as French, and places the possessive pronoun before the infinitive. Examples include **MAE O'N DOD I'M GWELD** (= he's coming <u>to my seeing</u> > he's coming <u>to see me</u>) instead of **MAE O'N DOD <u>I WELD FI</u>**, and **OEDD HI ISIO <u>EIN CYFARFOD</u>?** (= *was she wanting to <u>our meeting</u>? > did she want to <u>meet us</u>?*) instead of **OEDD HI ISIO CYFARFOD NI?**

2. **ADRODDIAD** means '*(a) report.*' As it ends with **-IAD**, it's a masculine noun. Although some words ending in **-IAD** can pluralise to **-IAID** (e.g., **ARDDODIAD** (= *(a) preposition*) > **ARDDOD<u>IAID</u>**), most pluralise as **-IADAU**; in this case yielding **ADRODD<u>IADAU</u>** as '*reports.*'

   ADRODD is the verb '*to report*,' with **AILADRODD** (literally meaning '*to second report*') equating to '*to repeat*' in English.

3. Until I learned Welsh, I had no idea what the 'perfect' nor the 'pluperfect' meant! Essentially, when we say something '*has [been done]*,' that's the perfect. We use the **MAE** constructions plus **WEDI** for this. To express '*had [been done]*' – i.e., the pluperfect – we use **ROEDD** plus **WEDI**. Check out these examples:

   - **(Y)DYCH CHI WEDI MWYNHAU?** = <u>Have</u> you enjoyed?
   - **OEDDECH CHI WEDI MWYNHAU?** = <u>Had</u> you enjoyed?
   - **DW I DDIM WEDI BOD** = I <u>haven't been</u>
   - **DO'N I DDIM WEDI BOD** = I <u>hadn't been</u>

4. **GADDO** is a colloquial term that you probably won't find in a dictionary. The 'correct' term is **ADDO** and it means '*to promise.*' Both will be used in speech. **ADDEWID** and **ADDEWIDION** mean '*(a) promise*' and '*promises*' respectively.

CWESTIYNAU

1. **Ble mae Elan eisiau mynd ar y dechrau?**
   Where does Elan want to go at the start?
2. **Beth wnaeth Elan roi ar ddesg y rheolwr?**
   What did Elan put on the manager's desk?
3. **Pwy gafodd ben-blwydd yn ddiweddar?**
   Who had a birthday recently?
4. **Beth ydy'r broblem gydag Elan?**
   What's the problem with Elan?
5. **Sut mae'r rheolwr yn cael Elan i adael?**
   How does the manager get Elan to leave?

ATEBION

1. **Mae Elan eisiau mynd i weld y rheolwr.**
   Elan wants to go to see the manager.
2. **Gwnaeth Elan roi adroddiadau ar ei ddesg.**
   Elan put reports on his desk.
3. **Cafodd Ffion ben-blwydd yn ddiweddar.**
   Ffion had a birthday recently.
4. **Dydy Elan ddim yn gweithio i'r cwmni.**
   Elan doesn't work for the company.
5. **Mae o'n cytuno i dderbyn ei CV.**
   He agrees to accept her CV.

RYSÁIT
FY NAIN

Mae Alun yn cyrraedd tŷ Owen.

Owen   Iawn, Alun? Lle mae Megan?

Alun   Mae hi yn y gwaith, ond bydd hi'n cyrraedd cyn bo hir. Diolch am y _gwahoddiad_ am ginio.

imitable

Owen   **Dim problem o gwbl! Rwyt ti a Megan yn coginio i ni'n aml. Felly rŵan, mi wna' i goginio i chi!**

Alun   Ti sy'n[1] coginio hefyd?! Hmm, bydd hwnna'n... ddiddorol.

Owen   **Dw i'n mynd i goginio hoff bryd o fwyd Megan!**

Alun   Wir? Mae'n reit[2] *really* anodd i 'neud...

Mae Alun yn edrych ar y bwyd sy' wrthi'n cael ei baratoi.

Alun   Pa fath o reis wnest ti iwsio[3]? *use*

Owen   **Mae 'na wahanol fathau o reis?**

Mae Alun yn blasu'r bwyd.

Alun	Hmm, mae o braidd yn... rhyfedd.
Owen	**Fedri di helpu fi?**
Alun	Ella. 'Den ni angen pedwar
	tomato, nionod, a garlleg...
	Llawer o arlleg!
Owen	**'Sgen i mo rheina[4].** *haven't got those*
Alun	Iawn. Felly, dw i angen dy ffôn di.

Nes ymlaen, mae Owen, Alun, a Megan wrthi'n bwyta.

Megan	Waw, Owen.
	Mae hyn yn dda iawn!
	Mae'n reit[3] debyg i rysáit fy nain!
Alun	Diolch yn fawr!
	Wnes i ordro[3] fo ar ben fy hun!

Before too long	cyn bo hir
An invitation	gwahoddiad
Difficult to do	anodd i 'neud
I haven't got those	sgen i mo rheina
On my own	ar ben fy hun

NODIADAU GRAMADEGOL | *Grammatical Notes*

1. In standard Welsh, we can emphasise a pronoun by placing it at the start of the sentence or clause. When asking questions, we'd add **AI** before it, but this is seldom done in both speech and writing these days:
   - **[AI] TI SY'N CHWARAE?** = *Is it you who's playing?*
   - **IE, FI SY'N CHWARAE** = *Yes, it's me who's playing*
   - **HI OEDD YR UN** = *She was the one*
   - **NHW FYDD EIN HARWYR** = *It's them who'll be our heroes*
   - **PWY FASAI'N LICIO DOD?** = *Who is it who would like to come?*

2. **REIT** is simply a lifting from the English '*right*,' which is used in some British dialects to intensify adjectives; "*he was <u>right</u> happy with that!*" In more standard English, '*really*' might be used here. This tends to be more of a northern phenomenon but will appear in most dialects.

3. I make no apologies for including both **IWSIO** (= *to use*) – rather than **DEFNYDDIO** – and **ORDRO** (= *to order*) – instead of **ARCHEBU**. Just be grateful that I used **COGINIO** and not **CWCIO**... my wife actually says that!

4. When I was learning Welsh, a sentence like "'**SGEN I MO RHEINA**" would've probably made me cry. In the dictionaries I was using, only '**I**' would've come up, and that could mean '*to*,' '*for*,' or '*me*,' depending on context. Here's how I'd have liked this phrase broken down in the hope that it helps you out a little:
   - **'SGEN I DDIM** = **DOES GEN I DDIM** = *I haven't got [a/any]*
   - When placing a pronoun after **DOES GEN I DDIM**, we often include **O** (= *of*) in the sentence. In these instances, **DDIM + O** contracts to **MO**:
     - **'SGEN I <u>MO</u> HWNNA** = *I haven't got that [one]*
     - **'SGEN TI <u>MO</u> HWN** = *You haven't got this [one]*
   - **RHAIN** (= *these [ones]*) derives from **Y RHAI [YMA]** (literally, *the some here*). It pluralises to **RHEINA** (= *those [ones]*), from **Y RHAI 'NA** (literally, *the some there*) and is also seen as **RHEINY**.

CWESTIYNAU

1. **Ble mae Megan ar ddechrau'r stori?**
   Where is Megan at the start of the story?
2. **Pwy sy'n coginio'n aml?**
   Who cooks often?
3. **Beth fydd Owen yn coginio?**
   What will Owen be cooking?
4. **Sawl tomaten maen nhw angen?**
   How many tomatoes do they need?
5. **O ble cafodd Owen y bwyd yn y diwedd?**
   From where did Owen get the food in the end?

ATEBION

1. **Mae Megan yn y gwaith.**
   Megan is at work.
2. **Megan ac Owen sy'n coginio'n aml.**
   [It's] Megan and Owen [who] cook often.
3. **Bydd o'n coginio hoff bryd o fwyd Megan.**
   He'll cook Megan's favourite meal.
4. **Mae angen pedwar tomato.**
   Four tomatoes are needed.
5. **Gwnaeth Owen archebu'r bwyd.**
   Owen ordered the food.

STORI GARIAD

Mae Sioned yn edrych ar hen luniau o'i thaid efo Gwen.

Sioned Sut wnaeth Taid ofyn i ti briodi o?

Gwen Dw i'n cofio bod ni mewn car...
Ac mi ddudodd o fod gynno fo syrpeis i fi. Mi wnaeth o stopio'r car ac mi aeth o i chwilio am r'wbeth[1].

Sioned Am fodrwy?

Gwen Nac'i! Mi wnaeth o nôl[2] siwtces ac mi wnaeth o ddychwelyd i'r car yn sydyn iawn.

Sioned Dw i'n siŵr fod o'n nerfus iawn!

Gwen Mi wnaeth o ddod 'nôl[2] yn y car ac mi wnaethon ni yrru tuag at y mynyddoedd.

Sioned Am hyfryd!

Gwen Roedd o'n gyrru'n gyflym iawn.
Ac wedyn, mi wnaeth car arall ddechrau dilyn ni.

Sioned O, na!

| Gwen | Mi wnaethon ni ddod oddi ar y lôn. Mi wnaeth dy daid dd'eud wrtha' i gymryd y siwtces a rhedeg! |

Gwen — Mi wnaethon ni ddod oddi ar y lôn.
Mi wnaeth dy daid dd'eud wrtha' i gymryd y siwtces a rhedeg!

Sioned — Be'?

Gwen — Do, roedd rhaid i ni warchod y dogfennau! *(protecting)* *(documents)*

Sioned — Ond pa ddogfennau?

Gwen — Y dogfennau oedd yn y siwtces, siŵr.

Sioned — Dw i ddim yn dallt[3]...

Gwen — Aros funud. Dyna'r stori anghywir. Dyna'r stori pan roedd Taid a fi'n *(spies)* 'sbiwyr cyfrinachol.
Anghofia am hwnna i gyd[4]!

It says	
To predict the future	
Will you read?	
[An]other jumper	
Listen to this!	

NODIADAU GRAMADEGOL | *Grammatical Notes*

1. **RHYW** can mean a number of things in Welsh. Firstly – and because I'm immature – it means '*sex*'; both the name of the act and as '*gender.*' It's most common usage, however, is as '*some*' but be careful not to mix up its usage with **RHAI** (= *some [amount]*). Some dialects also use **RHYW** as '*any,*' but this is largely covered by **UNRHYW** these days. Here are examples of how both are used;
   - **RHYWBETH** = *something*; **UNRHYW BETH** = *anything*
   - **RHYWUN** = *someone*; **UNRHYW UN** = *anyone*
   - **RHYWBRYD** = *sometime*; **UNRHYW BRYD** = *any time*

   The reason I bring up **RHYW-** here is because – especially in speech – it's often shortened to **R'W-** (pronounced: *r(i)oo* or *ruh*). Although rarely spelled in this manner, I use a mixture of both versions in this book to keep you on your toes!
2. Here's one to not mix up; **NÔL** (= *to fetch*) and **'NÔL** (= *back[wards]* – from **YN ÔL**, hence the apostrophe). As they're both pronounced the same, you'll have to reply on context during conversations.
   - **WNEI DI <u>NÔL</u> Y BWYD?** = *Will you <u>fetch</u> the food?*
   - **RHAID I FI <u>NÔL</u> FY MAG** = *I have to <u>fetch</u> my bag*
   - **PRYD DDOI DI <u>'NÔL</u>?** = *When will you come <u>back</u>?*
   - **DW I'N MYND <u>'NÔL</u> RŴAN** = *I'm going <u>back</u> now*
   - **ES I <u>'NÔL</u> I <u>NÔL</u> NHW** = *I went <u>back</u> to <u>fetch</u> them*
3. I was always taught **DEALL** for '*to understand*' when I was learning Welsh, so imaging my surprise when I first encountered **DALLT**; a term largely reserved for northern dialects these days. One fun point is that **DEALLTWRIAETH** (= *[an] understanding*) looks like it encompasses both.
4. **HWNNA I GYD** suggests '*all of that,*' but it could also be said as **HYN OLL**. **OLL** – sharing roots with '*all*' in English – meaning '*complete(ly)*' (et al) is also seen as **HOLL** in Welsh. As a rule of thumb, **OLL** comes after a noun and **HOLL** comes before; **YR HOLL BOBL / Y BOBL OLL / Y BOBL I GYD** = *all [of] the people*. Don't, however, say **GYD O'R BOBL** otherwise my primary school teacher of a wife will be fuming!

CWESTIYNAU

1. **Beth mae Sioned eisiau gwybod?**
   What does Sioned want to know?
2. **I ble wnaeth Taid a Gwen yrru?**
   To where did Taid and Gwen drive?
3. **Pwy oedd yn eu dilyn nhw?**
   Who was following them?
4. **Beth oedd Gwen yn gwarchod?**
   What was Gwen protecting?
5. **Beth oedd swyddi Taid a Gwen?**
   What was Taid and Gwen's job?

ATEBION

1. **Sut gofynnodd Taid i Gwen ei briodi.**
   How Taid asked Gwen to marry her.
2. **Gwnaethon nhw yrru i'r mynyddoedd.**
   They drove to the mountains.
3. **Roedd car yn eu dilyn nhw.**
   A car was following them.
4. **Roedd Gwen yn gwarchod y dogfennau.**
   Gwen was protecting the documents.
5. **Ysbiwyr oedden nhw.**
   They were spies.

DW I'M YN CREDU MEWN HOROSGOPAU[1]

Mae Owen ac Elan mewn caffi. Mae Elan yn darllen papur newydd.

Elan — Hmmm, mae hwnna'n ddiddorol...

Owen — Be'?

Elan — Dw i'n darllen fy horosgop[1]. Mae'n d'eud mod i'n mynd i helpu rhywun heddiw.

Owen — Dw i'm yn credu mewn horosgopau[1]. Dydy papur newydd ddim yn medru dyfalu'r dyfodol.

Elan — W'sti[2], dw i'n darllen horosgop fi bob dydd. Maen nhw bob tro'n gywir.

Owen — Yrm, iawn... wnei di ddarllen horosgop fi, 'te[3]?

Elan — Gwnaf, siŵr[4]!

Mae Elan yn rhoi'r papur newydd i Owen ac yn arllwys[5] ei goffi.

Owen — O, na! Mae gen i gyfarfod pwysig mewn deg munud!

Elan	Dydy hwnna ddim yn broblem! Mae gen i siwmper arall yn fy mag.
	Mae Elan yn rhoi'r siwmper arall i Owen.
Owen	**Dw i methu gwisgo hwnna! Dyna dy hoff siwmper di!**
Elan	Hmmm... Pryd mae dy ben-blwydd di?
Owen	**Y chweched o ~~Fehefin.~~**
Elan	Aaa, felly... yr efeilliaid wyt ti? ✗
Owen	**Dydy hwnna ddim yn golygu[6] dim byd!**
Elan	O, wir? Gwranda ar hwn. Mae dy horosgop[1] yn d'eud: *"Bydd ffrind yn dy helpu di i gael diwrnod da."*
Owen	**Iawn, 'te[3]... Mi wna' i wisgo dy siwmper di.**

It says	Mae'n d'eud
To predict the future	dyfalu'r dyfodol
Will you read?	Wnei di ddarllen
[An]other jumper	siwmper arall
Listen to this!	gwranda ar hwn

NODIADAU GRAMADEGOL | *Grammatical Notes*

1. Ok, so **HOROSGOP(AU)** has been unapologetically borrowed from Greek here, but there are plenty of cool terms to with astrology and astronomy in Welsh that are deserving of note:
   - **SERYDDIAETH** = *astronomy*
   - **SÊR-DDEWINIAETH** = *astrology (lit. star-wizardry)*
   - **GWENNOL OFOD** = *space shuttle (lit. space swallow)*
   - **TWR TEWDWS** = *[The] Pleiades*
   - **Y LLATHEIDAN** = *Orion (lit. The Yard)*
   - **CAER GWYDION** = *The Milky Way (lit. Gwydion's Fort)*

2. Right, tag number one: **W'STI** derives from **[A] WYDDOST TI[?]**. Its literal translation is *'did you know[?]'* but is used as the tag *'ya' know[?/!]'* in everyday speech.

3. Tag-phrase number two is **'TE**. It's sometime said as **'TA** in the north-west, but both derive from **YNTE** or **YNDE** meaning *'is it not[?/!]'* **FELLY** (or **'LLY**) can also be heard in this instance.
   Three's a charm, right? The final tag phrase is **SIŴR**. Alone, it means *'sure,'* but it's used as *'surely'* or *'certainly'* in Welsh, and far more than it's perhaps heard in English; **O, MAE'N IAWN, SIŴR** = *Oh, it's fine, of course/surely*.

4. **ARLLWYS** actually means *'to pour'* with **ARLLWYS Y GLAW** suggesting *'pouring the[/with] rain.'* In rarer occasions, it's used suggest *'to spill'* – I resisted the urge to not use **SPILIO**!

5. **GOLYGU** is most commonly used to express *'to edit'* and **MEDDWL** most commonly occurs as *'to think,'* but both terms can also be used for *'to mean,'* as in *to convey* or *refer to* something. They're pretty interchangeable, but the use of **GOLYGU** tends to be more southern;
   - **BE' MAE HWNNA'N [EI] OLYGU?** = *What's that mean?*
   - **BE' WYT TI'N [EI] FEDDWL?** = *What do you mean?*

CWESTIYNAU

1. **Beth mae Elan yn ei ddarllen?**
    What is Elan reading?
2. **Ydy Owen yn credu mewn horosgopau?**
    Does Owen believe in horoscopes?
3. **Beth mae Elan yn arllwys?**
    What does Elan spill?
4. **Beth mae Elan yn cynnig i Owen?**
    What does Elan offer to Owen?
5. **Pryd mae pen-blwydd Owen?**
    When is Owen's birthday?

ATEBION

1. **Mae hi'n darllen horoscopau yn y papur.**
    She's reading horoscopes in the paper.
2. **Nac ydy, dydy o ddim yn credu ynddyn nhw.**
    No, he doesn't believe in them.
3. **Mae hi'n arllwys coffi Owen.**
    She spills Owen's coffee.
4. **Mae hi'n cynnig ei hoff siwmper iddo.**
    She offers her favourite jumper to him.
5. **Pen-blwydd Owen ydy'r chweched o Fehefin.**
    Owen's birthday is the sixth of June.

LLEIDR Y BRECHDANAU

Mae Owen yng nghegin y swyddfa lle mae o'n gweithio. Mae o'n siarad efo'i gydweithiwr newydd, Cerys.

Owen   O, na! Dim eto!

Cerys   Be'?

Owen   Mae rhywun wedi dwyn[1] bwyd fi! Maen nhw wedi dwyn[1] gen i bob dydd wythnos yma!

Cerys   Wir? Mae hwnna'n ofnadwy.

Owen   Dw i'n meddwl mai Siôn ydy o...

Cerys   Mae o wastad eisiau bwyd.

Owen   Mi wnaeth o ddwyn[1] brechdan ham fi ddoe!

Cerys   Cyw iâr, ti'n meddwl. Ar ddydd Mawrth gest ti frechdan ham.

Owen   Be'? Sut ti'n gw'bod hwnna?

Cerys   Yrm... mi wnest ti dd'eud wrtha' i, dwyt ti ddim yn cofio?

Owen   Na'dw... ond mae gen i syniad! Mae gen i sypreis[2] i Siôn wythnos yma! Dw i'n mynd i 'neud brechdan pysgod a banana!

Syniad gwych.

Y diwrnod nesa', mae Owen yn gweld Cerys eto.

Owen   **Does neb wedi dwyn[1] bwyd fi heddiw.**

Cerys   'Dydy hwnna ddim yn beth da?

Owen   **Na'di, achos mi wnes i frechdan pysgod a banana... ac rŵan bydd rhaid i fi f'yta fo!**

Cerys   Mae gen i frechdan cyw iâr flasus iawn heddiw.

Owen   **Oes? Ti ddim fel arfer yn dod â[3] brechdanau dy hun.**

Cerys   Na'dw, ond mae gen i alergedd[4] i fananas.

Owen   **Be'? Ti oedd o?!**

Where he works	lle mae o'n gweithio
That's awful	mae hwnna'n ofnadwy
I have an idea	mae gen i syniad
No one, nobody	neb
An allergy	alergedd

NODIADAU GRAMADEGOL | *Grammatical Notes*

1. **DWYN** means *'to steal'* and links with the preposition **GAN** when expressing *'to steal from.'* In some southern dialects, the word becomes **DYGYD** or **DYGU**, with both terms deriving from an old Brythonic term (****dukami***) meaning *'to release/free [someone/something] (of/from).'* **DWYN** and **DYGYD** aren't the only occasions where northern-southern terms differ in this way; **TAFLU** (northern) and **TOWLI** (southern) – both meaning *'to throw'* – is another that has always interested me.

2. **PERI SYNDOD** means *'to surprise [someone with something],'* whereas **SYNNU** is largely reserved for *becoming surprised.* **SYNDOD** is the noun. However, modern Welsh seems to be increasing preferring **SY(R)PREIS** as *'a surprise'* and **SY(R)PREISIO** as *'to surprise [someone/something].'*

3. **DOD Â/AG** is our way of saying *'to bring,'* which seems to make complete sense when we consider that **DOD Â/AG** translates literally to *'to come with.'* A problem can arise when we consider *'to take,'* however. **MYND Â/AG** (literally, *'to go with'*) means *'to take'* when physically moving something from one place to another. The word **CYMRYD** (= *to take*) is generally reserved for *consuming* something, but it's a far greyer area in modern, spoken Welsh;

   - **WNEI DI DDOD Â HI YMA?** = *Will you bring it/her here?*
   - **DW I'N DOD AG AFAL** = *I'm bringing an apple*
   - **EST TI Â'R BINS ALLAN?** = *Did you take the bins out?*
   - **DW I'N CYMRYD SIWGR** = *I take sugar*

4. Here's yet another example of how we often need to reorder sentence structures in Welsh to express ourselves, rather than translating word-for-word. There's no real way to translate *'I'm allergic [to...]'* in Welsh, so we must rephrase as *'I have an allergy [to...]'*; **MAE GEN' I ALERGEDD [I...]** or **MAE 'DA FI ALERGEDD [I...]**. Don't be at all surprised to encounter phrases like **DW I'N *ALYRJIG* [I...]** amongst native speakers.

CWESTIYNAU

1. **Gyda phwy mae Owen yn siarad?**
   With whom is Owen speaking?
2. **Pwy mae Owen yn meddwl sy'n dwyn bwyd?**
   Who does Owen think is stealing food?
3. **Pa frechdan bydd o'n gwneud yfory?**
   Which sandwich will he be making tomorrow?
4. **Pam dydy Elan ddim yn bwyta banana?**
   Why doesn't Elan eat banana?
5. **Pwy oedd wedi dwyn bwyd Owen?**
   Who had stolen Owen's food?

ATEBION

1. **Mae Megan yn y gwaith.**
   Megan is at work.
2. **Mae o'n meddwl mai Siôn sy'n dwyn.**
   He thinks that [it's] Siôn [who's] stealing.
3. **Brechdan pysgod a banana.**
   A fish and banana sandwich.
4. **Achos mae ganddi hi alergedd iddyn nhw.**
   Because she is allergic to them.
5. **Cerys oedd wedi dwyn bwyd Owen.**
   [It was] Cerys [who] had stolen Owen's food.

6

DIWEDD Y BERTHYNAS

relationship (X)

Mae Gwen yn paratoi at fynd i'r bwyty. Mae'i hwyres, Sioned, yn gwylio'r teledu.

Sioned   Duda[1] 'helo' wrth Lewis i fi!

Gwen   **Fydda' i ddim yn hir...**
Dw i'n mynd i orffen perthynas ni.

Sioned   Be'? Ond 'dych chi 'di bod yn treulio[2] lot o amser efo'ch gilydd[3]!

Gwen   **Dyna'r broblem! Mae o isio fy ngweld i trwy'r amser. Ond dw i isio mwy o amser i fi fy hun.**
Mae Gwen yn cyrraedd y bwyty ac yn ffeindio Lewis.

Lewis   Noswaith dda, 'nghariad i.

Gwen   Lewis, mae gen i rywbeth i dd'eud wrtha' ti.

Lewis   Finnau hefyd. Ti'n gw'bod mod i'n dy garu di lot.

Gwen   Fi hefyd.

Lewis   Ond rhaid i ni wahanu[4].

Gwen	Ti'n... ti'n gorffen efo fi?
Lewis	Rhaid i fi symud am waith... i Gernyw. Dw i ond yn cael cwpl o ddyddiau i ffwrdd y flwyddyn.
Gwen	Bendigedig!
Lewis	Wir?
Gwen	Ro'n i isio gwahanu[5] efo ti achos ro'n i isio mwy o amser i fi fy hun. Ond dydy hwnna ddim yn broblem bellach.
Lewis	Felly... wnawn ni aros efo'n gilydd[3]?
Gwen	Gwnawn, siŵr! Pryd wyt ti'n gadael?
Lewis	Dydd Sadwrn.
Gwen	Perffaith! Mi fedra' i roi lifft i'r maes awyr i ti.

Preparing to go	paratoi at fynd
I won't be long	fydda' i ddim yn hir
Something to say	mae gen i rhywbeth i ddweud
Per year	y flwyddyn
Any more	bellach

NODIADAU GRAMADEGOL | *Grammatical Notes*

1. **DUDA** isn't only a former Portuguese footballer – it's also the singular/informal northern version of **DWEUD** (= *to say, to tell*) as a command. Pronounced as *did-ah*, the standard term would be **DYWEDA**. In southern dialects, you'll likely hear **[G]WEDA** – although other, similar alternatives exist. In standard Welsh, **DYWEDA** would be preferred – often itself shortened to **D'WEDA**. The formal versions of each of these would be **DUDWCH, [G]WEDWCH**, and **D[Y]WEDWCH**, respectively.

2. Welsh has two words for '*to spend*' for the simple reason that it hates learners. Ok, so that's a joke, but knowing the difference between **TREULIO** and **GWARIO** is a nice thing to know.
   I've personally noticed that instances where **TREULIO** should be used, **GWARIO** is becoming more and more popular. Although this is incorrect in standard Welsh, rest assured that you'll be understood just fine is you use either. Essentially, if you remember the following, you'll likely get it spot on;
   - **TREULIO AMSER** = *to spend [some] time*
   - **GWARIO ARIAN/PRES** = *to spend [some] money*

3. Expressing '*together*' in Welsh can be a little confusing at first. Check out these examples to (hopefully) shed some light on how they work: **EFO'N GILYDD** = *with ourselves, with each other, together* [1st person plural], **EFO'CH GILYDD** = *with yourselves, together* [2nd person plural], **EFO'I GILYDD** = *with themselves, with each other, together* [3rd person plural].

4. Nothing too much to note from **GWAHANU** (= *to split up, to separate, to segregate*) other than it shares its roots with **GWAHANOL** (= *different*), which kind of makes sense, right?

CWESTIYNAU

1. **Beth mae Gwen wrthi'n wneud?**
   What is Gwen currently doing?
2. **Beth mae Gwen eisiau mwy ohono?**
   What does Gwen want more of [it]?
3. **I le mae Lewis yn symud?**
   To where is Lewis moving?
4. **Beth oedd Gwen eisiau gwneud?**
   What was Gwen wanting to do?
5. **Pryd bydd Lewis yn gadael?**
   When will Lewis be leaving?

ATEBION

1. **Mae Gwen paratoi i fynd i'r bwyty.**
   Gwen is preparing to go to the restaurant.
2. **Mae hi eisiau mwy o amser i'w hun.**
   She wants more [of] time to herself.
3. **Mae Lewis yn symud i Gernyw.**
   Lewis is moving to Cornwall.
4. **Roedd hi eisiau gwahanu â Lewis.**
   She was wanting to split up with Lewis.
5. **Bydd Lewis yn gadael dydd Sadwrn.**
   Lewis will be leaving [on] Saturday.

7

WNAETH Y RYSÁIT NEWID?

Mae Elan yn bwyta mewn bwyty yn Rhufain. Mae gweinydd yn cerdded heibio[1] iddi hi.

Elan Esgusodwch fi! Mae 'na broblem efo fy mhasta i.

Gwein. Amhosibl! Dyna'n pryd o fwyd mwya' poblogaidd ni!

Elan Ydy'r rysáit wedi newid o gwbl?

Gwein. Naddo! Yr un[2] rysáit ers pum deg mlynedd ydy hi.

Elan Dw i wedi bwyta'r pryd o fwyd 'ma am saith mlynedd ac dydy hi ddim yn blasu'r un[2] fath heddiw.

Gwein. Mae saith mlynedd yn amser hir. 'Dych chi'n wahanol rŵan; siawns bod eich blasbwyntiau[3] chi wedi newid.

Elan Ro'n i'n iau. Roedd popeth yn newydd ac yn ddiddorol...

Gwein.   Iawn.

Elan   Dw i'n fwy clyfar bellach. Dw i'n fwy gyfrifol hefyd, ac yn fwy difrifol. ⊗

'Dych chi'n gywir. Dw i'n berson gwahanol! Diolch!

Gwein.   Dim problem.

Elan   Lle mae'r gweinydd sy'n gweithio yma ers saith mlynedd, felly? Mae o'n gwisgo sbectol haul fel arfer ac mae gynno fo fwstas.

Gwein.   Hari ydy hwnna.

Elan   Ydy o dal yn gweithio yma?

Gwein.   Nac'di, dydy o byth wedi gweithio yma. Mae o'n gweithio yn y bwyty dros y ffordd[4].

Elan   O...

Most popular	
Fifty years	
Taste buds	
More serious	
He has a moustache	

NODIADAU GRAMADEGOL | *Grammatical Notes*

1. **HEIBIO** – or **HEIBO** in southern dialects – equates to '*by [as in to pass by]*' or '*past [as in to… erm… pass by!]*' It derives from the preposition **HEB** (= *without, void of*) and often couples with the preposition **I** (= *to, for*);
   - **GYRRU HEIBIO I FI** = *to drive past me*
   - **AETH AMSER HIR HEIBIO** = *a long time past*
2. Although it translates as '*the one,*' **YR UN** is our way of expressing '*[the] same.*' Here are some examples;
   - **YR UN PETH** = *the same thing*
   - **AR YR UN AMSER** = *at the same time*
   - **YR UN UN** = *the same one*
   - **YR UN RYSÁIT** = *the same recipe*
   - **YR UN FATH** = *the same type/sort/kind*

   Watch out for **YR UN** also suggesting '*each*' – or '*per/for one*'; **MAEN NHW'N COSTIO PUNT YR UN** = *they cost a pound each*.

   It's worth noting that, much like not having a specific word for '*same*' in Welsh, we also don't have a term for '*both*' either. In this case, we use the number '*two*';
   - **MI GA' I I'R DDAU** = *I'll have the two, I'll have them both*
   - **Y DDWY/DDAU OHONOCH** = *the two of you, both of you*
3. Yet another reason why I've loved putting these Parsnips and Owls books together! I've gone through all of my Welsh-speaking life – some twenty years now – having said **TÊST-BYDS** for… erm… '*tastebuds.*' Let's be honest, it's not the most common of words in any language, but it was only through compiling this chapter that I found the term **BLASBWYNTIAU**, which translates literally as '*taste-points.*' How awesome is that?
4. Although **FFORDD** can express both '*road*' and '*way,*' **HEOL** – sometimes pronounced as *HEWL* in southern dialects – can only be used as '*road.*' This only relates to '*way*' as in a means of doing something, rather than a means of travelling somewhere. Once again, I'm hoping some examples will aid my stumbling explanations:
   - **FFORDD DDA O'I 'NEUD** = *a good way of doing it*
   - **DW I AR Y FFORDD** = *I'm on the road/way*
   - **MAE OWEN YN BYW AR YR HEOL 'MA** = *Owen lives on this road*

CWESTIYNAU

1. **Ym mha ddinas mae Elan yn bwyta?**
   In which city is Elan eating?
2. **Ers pryd mae hi'n bwyta'r pryd o fwyd yno?**
   Since when is she eating the meal there?
3. **Ydy Elan yn berson gwahanol bellach?**
   Is Elan a different person now[aday]s?
4. **Sut mae Elan yn disgrifio'r gweinydd arall?**
   How does Elan describe the other waiter?
5. **Ble mae'r gweinydd arall yn gweithio?**
   Where is the other waiter working?

ATEBION

1. **Mae hi'n bwyta yn Rhufain.**
   She's eating in Rome.
2. **Ers saith mlynedd.**
   Since[/for] seven years.
3. **Ydy, mae hi'n berson gwahanol.**
   Yes, she's a different person.
4. **Mae o'n gwisgo sbectol haul a mwstas.**
   He wears sunglasses and a moustache.
5. **Mae o'n gweithio yn y bwyty dros y ffordd.**
   He's working in the restaurant over the road.

8

MAE HWN YN BLASU'N RHYFEDD!

Mae Owen wrthi'n bwyta rhywbeth wnaeth o ffeindio yn yr oergell[1].

Owen	**Mabon!? Mae blas rhyfedd ar y pwdin 'ma.**
Mabon	Pa bwdin?
Owen	**Roedd 'na bwdin yn yr oergell[1].**
Mabon	Dydy hwnna ddim yn bwdin. Dyna fy mhrosiect gwyddoniaeth.
Owen	**Reit, dw i'n dallt pam bod y pwdin mor wyrdd rŵan...** **Ers pryd mae o yna?**
Mabon	Yrm... ers mis Tachwedd.
Owen	**Ond 'dan ni ym mis Mawrth bellach. Dw i'n mynd i fod yn sâl.**
Mabon	Be' sy'n bod?
Owen	**Mae fy 'stumog yn brifo...**
Mabon	Ydy o'n brifo os dw i'n procio fa'ma?
Owen	**Nac'di.**
Mabon	Be' am fan hyn[2]?
Owen	**Awwwwwwwwwwww!**

Mabon	Hmm, diddorol...
	Felly, dim ond eich bol sy'n brifo?
Owen	Naci, fy mhen hefyd.
	Oes rhaid i fi fynd i'r ysbyty?
Mabon	Ella. 'Dych chi'n teimlo unrhyw
	beth arall?
Owen	Dw i'n oer. Na! Rŵan dw i'n boeth.
	A rŵan dw i'n oer eto! Ydy fy
	wyneb yn las?
Mabon	Yndi! Gwych!
Owen	Dw i'n meddwl mod i'n mynd i
	farw. Dw i'n mynd i orwedd[3] lawr.
Mabon	Arhoswch. Dw i angen sgwennu
	hyn yn fy llyfr.
Owen	Er mwyn esbonio wrth y meddyg?
Mabon	Na! Er mwyn esbonio wrth fy
	athrawon. Chi ydy fy mhrosiect
	gwyddoniaeth newydd!

In the fridge	yn yr oergell
My science project	fy mhrosiect gwyddoniaeth
Going to be sick	mynd i fod yn sâl
To poke	procio
Wait!	arhoswch!

NODIADAU GRAMADEGOL | *Grammatical Notes*

1. As far as awesome Welsh words go, let none overlook the majesty of **OERGELL**. Translating literally as *'cold cell,'* **OERGELL** is our word for *'a refrigerator'* or *'a fridge.'* A **RHEWGELL** (literally *'a freeze/ice cell'*) is *'a freezer.'* It breaks my heart that I only hear people – me included, unfortunately – ever saying **FFRIJ** and **FFRÎSYR**.

2. There are some things I'm asked to explain where Welsh has more than one way of saying something for which English tends to use only one; *'here'* is one of those terms. Unfortunately, this one has always been one I've struggled to explain, but **YMA** – for me, at least – is the general word for *'here [in this vicinity],'* whereas **FAN HYN** – translating literally as *'this place'* – is more likely used for *'right here.'*

   If you're worried or unsure, I'd suggest sticking with **YMA** for now. Much like how I can (somehow) recognise when and where to use each one nowadays but struggle to articulate exactly why, you'll likely find your own way to correctness the more you expose yourself to the language.

3. **GORWEDD** means *'to lie [down],'* but it can also be heard with the *F* morphing into a *W*-sound; **GORFEDD** or **GORFADD**. Technically, you don't actually need to add **[I] LAWR** when using **GORWEDD** as it already encompasses being *'down.'* The same goes for **EISTEDD** (= *to sit [down]*), **SEFYLL** (= *to stand [up]*), and a few others.

   DWEUD CELWYDD/ANWIREDD is the phrase used to express *'to lie'* as in *to not tell the truth* and literally means *'to say/tell a lie or an untruth*).

CWESTIYNAU

1. **Ble wnaeth Owen ddod o hyd i'r bwyd?**
    Where did Owen find the food?
2. **Sut mae Owen yn disgrifio blas y pwdin?**
    How does Owen describe the pudding's taste?
3. **Sawl mis mae wedi bod yn yr oergell?**
    How many months has it been in the fridge?
4. **Pa ddau beth sy'n brifo Owen?**
    Which two places are hurting Owen?
5. **Pam mae Mabon eisiau gwneud nodiadau?**
    Why does Mabon want to write notes?

ATEBION

1. **Roedd y bwyd yn yr oergell.**
    The food was in the fridge.
2. **Mae o'n dweud bod blas rhyfedd arno.**
    He says that there's a strange taste to it.
3. **Mae yn yr oergell am bum mis.**
    It's [been] in the fridge for five months.
4. **Mae bol a phen Owen yn brifo.**
    Owen's belly and head are hurting.
5. **Er mwyn ysgrifennu am ei brosiect ysgol.**
    In order to write about his school project.

9

Y GACEN BRIODAS

Mae Elan yn gweld Alun yn addurno cacen briodas i'w[1] ffrind, Siân.

Elan   Waw, dw i'n caru'r addurniad ti 'di 'neud! Mae'r briodferch a'r priodfab yn hedfan ar ddreigiau, fel yn hoff gyfres deledu Siân a Dewi!

Alun   Siân ydy fy nghleient cynta'. Dw i'n gobeithio bydd hi'n licio'r gacen.

Mae Elan yn derbyn neges gan Siân.

Elan   O, na!
Mae'r briodas wedi'i[2] chanslo!

Alun   Be'?! Pam?!

Elan   Mae Dewi wedi dwyn car Siân... ac mae o wedi gadael efo dynes arall!

Alun   Mae hwnna'n ofnadwy!

Elan   Dw i methu credu hyn.

Alun   Ro'n i wir isio i Siân licio'r gacen 'ma...

Elan	Mae gen i syniad...
	Mae Elan yn newid addurniad y gacen.
Alun	Ond rŵan mae'r dreigiau'n b'yta'r priodfab!
	Mae Elan yn tynnu llun o'r gacen a'i anfon at Siân. Mae hi'n gwenu.
Elan	Www, dyma neges gan Siân!
Alun	Be' mae hi'n dd'eud?
Elan	Mae hi dal yn drist, ond mae hi'n caru'r gacen!
Alun	Dyna'r oll ro'n i isio!

To decorate	addurno
For her friend	i'w ffrind
My first client	fy nghleient cyntaf
To change	newid
Here's a message	dyma neges

NODIADAU GRAMADEGOL | *Grammatical Notes*

1. Right, this one comes with a bit of a disclaimer; essentially, don't hate the player, hate the game! I don't make the rules... I just try my best to explain them. Got it?!

   You may already know that the possessive pronouns – **FY** (= *my*), **DY** (= *your* [sing.]), **EI** (= *him / her*), **EIN** (= *our*), **EICH** (= *your* [plu.]), and **EU** (= *their*) – can contract after vowels. Concentrating on **EI** (which causes a soft mutation when it means '*his*' and an aspirate mutation, as well as adding **H-** on vowels, when expressing '*her*'), we contract to **'I.**

   - **DW I'N DOD O'I ARDAL [O]** = *I come from his area*
   - **DW I'N DOD O'I HARDAL [HI]** = *I come from her area*
   - **WELA' I MO'I GAR [O]** = *I don't see his car*
   - **WELA' I MO'I CHAR [HI]** = *I don't see her car*

   However, the grammar-gods of Cymraeg thought that adding **'I** (= *his/her*) to **I** (= *to/for*) looked a bit silly, and, as such, decided to use **I'W** instead. There's good reason for this choice based on Old/Middle Welsh, but I shan't go into that now.

   Using **I'W** (= *to/for his/her*) forces the same mutations as **EI**;

   - **DW I'N MYND I'W THŶ [HI]** = *I'm going to her house*
   - **DW I'N MYND I'W DŶ [O]** = *I'm going to his house*

2. We also see the above happening after **WEDI** to form past participles;

   - **WEDI'I CHANSLO** = <u>*cancelled*</u> (lit. <u>*got its cancelling*</u>)
   - **BWYD WEDI'I LOSGI** = <u>*burnt*</u> food (lit. <u>*got its burning*</u>)

CWESTIYNAU

1. **Beth mae Alun yn arddurno?**
   What is Alun decorating?
2. **Pwy sy'n hedfan ar ddreigiau?**
   Who's flying on dragons?
3. **Beth ddigwyddodd i'r briodas?**
   What happened to the wedding?
4. **Beth wnaeth Dewi?**
   What did Dewi do?
5. **Oedd Siân yn hoffi'r gacen?**
   Did Siân like the cake?

ATEBION

1. **Mae Alun yn arddurno cacen briodas.**
   Alun is decorating a wedding cake.
2. **Y briodferch a'r priodfab sy'n hedfan.**
   [It's] the bride and groom who are flying.
3. **Cafodd y briodas ei chanslo.**
   The wedding got cancelled.
4. **Gadawodd Dewi gyda dynes arall.**
   Dewi left with another woman.
5. **Roedd Siân yn caru'r gacen.**
   Siân loved the cake.

10

FFEINDIO CARIAD!

Croeso i bennod newydd o'r rhaglen ddêtio... "Ffeindio Cariad". Mae Owen allan gyda sawl[1] merch ond 'nawr, mae'n rhaid iddo fo ddewis un!

Owen	Mae hwn yn ddewis anodd.
Mai	Mae'n hawdd. Dewisa fi.
Owen	Mae'n rhy anodd i ddewis!
Mai	Ydy o? Ond, ro'n i'n meddwl dy fod di'n licio fi...
Owen	Yndw, dw i'n licio ti lot fawr[2], Mai. Ond dw i'n licio Sali lot fawr[2] hefyd.
Mai	Dw i'n dallt... mae hi'n ddel iawn.
Owen	Mae hi'n ddoniol ac yn glyfar.
Mai	Yndi, ac mae hi'n canu'r piano.
Owen	Dw i'n gw'bod... mae'r ddwy ohonoch chi'n licio cerddoriaeth!
Mai	Ydyn, siŵr... mae gynnon ni lot mewn cyffredin rhynddon ni[3].

Owen	Oes! 'Dych chi'n licio mynd i'r sinema ac i'r amgueddfa. Hefyd, 'dych chi'n sgwennu cerddi[4]!
Mai	Ydyn, mae cerddi[6] Sali'n hyfryd. Mae hi'n hyfryd.
Owen	Dw i ddim yn gw'bod be' i'w 'neud!
Mai	Dw i'n gw'bod be' ddylet ti 'neud...
Owen	Wyt ti? Be'?
Mai	Anghofia amdana' i ac anghofia am Sali. Mi ddylet ti ddewis merch arall!
Owen	Be'? Ond pam?
Mai	Achos... dw i isio dewis Sali.
Owen	Be'?

Yn y bennod nesa' o "Ffeindio Cariad", beth fydd ateb Sali?

A number of	Sawl
A difficult choice	dewis anodd
Difficult to choose	anodd i ddewis
Poems	cerddi
Forget about me	anghofia amdana i

NODIADAU GRAMADEGOL | *Grammatical Notes*

1. **SAWL** is more likely to be encountered as a question meaning or *'how many.'* It prefers to link with singular nouns, whereas **FAINT** (= *'how many'* or *'how much'*) prefers to use plural nouns after **O** (= *of*);
   - <u>FAINT</u> O BOBL? = *How many people?*
   - <u>SAWL</u> PERSON? = *How many persons/people?*
   - <u>FAINT</u> O ARIAN? = *How much money?*
   - <u>SAWL</u> PLENTYN? = *How many children?*

   However, **SAWL** alone can also suggest 'a number [of]' e.g.;
   - MAE <u>SAWL</u> CATH YMA = *There's <u>a number of</u> cats here*
   - GYDA <u>SAWL</u> MERCH = *With <u>a number of</u> girls*

2. **LOT FAWR** is a northern colloquial term suggesting *'a great/vast amount.'* Essentially, it's a bit more than simply *'a lot.'* **LLAWER IAWN** (= *very much*) would likely be a 'better' translation into more standard Welsh.

3. **RHYNDDON NI** can be heard widely to mean *'between us,'* but it's not strictly correct in the standard language. 'Officially,' the inclusion of **-DD-** is only reserved for the <u>third person</u> in literary Welsh. Here's a list of the standard forms for **RHWNG** with personal pronouns;
   - **RHYNGO[F] I** = *between me*
   - **RHYNGOT TI** = *between you [sing.]*
   - **RHYN<u>DD</u>O FO/FE]** *between him*
   - **RHYNG<u>DD</u>I HI** = *between her*
   - **RHYNGOM NI** = *between us*
   - **RHYNGOCH CHI** = *between you [plu.]*
   - **RHYNG<u>DD</u>YN' NHW** = *between them*

   For those who like etymology, **RHWNG** appears as *RWG* in Middle Welsh. It still means *'between'*... I just thought it'd be cool to share.

4. Although many speakers say **MIWSIG** for *'music'* these days, the standard term is **CERDDORIAETH**. This derives from **CERDD** (= *a poem*), with **CERDDI** being *'poems.'* **BARDDONIAETH** means *'poetry'* and **BARDDONI** means *'to write/produce poetry.'*

CWESTIYNAU

1. **Beth ydy enw'r rhaglen deledu?**
   What's the name of the television programme?
2. **Pa ferched mae Owen yn hoffi?**
   Which girls does Owen like?
3. **Beth mae Mai a Sali'n hoffi ysgrifennu?**
   What do Mai and Sali like to write?
4. **Yn ôl Mai, beth ddylai Owen wneud?**
   According to Mai, what should Owen do?
5. **Pwy mae Owen yn dewis?**
   Who does Owen choose?

ATEBION

1. **Enw'r rhaglen ydy "Ffeindio Cariad".**
   The name of the programme is "Finding Love".
2. **Mae Owen yn hoffi Mai a Sali.**
   Owen likes Mai and Sali.
3. **Maen nhw'n hoffi ysgrifennu cerddi.**
   They like to write poems.
4. **Dylai Owen anghofio am Mai a Sali.**
   Owen should forget about Mai and Sali.
5. **Neb, ond mae Mai'n dewis Sali.**
   No one, but Mali chooses Sali.

11

YR ORNEST[1] FOCSIO[2]

Mae Sioned a'i nain, Gwen, wrthi'n gwylio gornest[1] focsio[2] mewn bar.

Sioned   Mi wna' i orffen fy niod a mynd adre, Nain.

Gwen   Ond hon ydy'r ornest[1] bwysica[3]'r flwyddyn!

Sioned   Mae'n gas gen i focsio[2]. Mae mor ddiflas.

Gwen   Nac'i, mae'n wych!

Sioned   'Mond dau ddyn sy'n cwffio[4] mewn menig lledr ydy hi.

Gwen   Dim dynion ydyn nhw... athletwyr ydyn nhw!

Sioned   Maen nhw jyst isio ennill tlws gwirion. _real?_

Mae Sioned yn gorffen ei diod ac yn codi er mwyn gadael.

Gwen   Be' ti'n mynd i 'neud rŵan?

Sioned   Dw i'n mynd adre' i wylio fy hoff raglen deledu i.

Gwen Y rhaglen lle mae ugain dyn yn cwffio[4] er mwyn mynd allan efo'r un ferch?

O, ac maen nhw'n ennill tlws ar y diwedd?

Sioned Nac'i, cwffio[4] am gariad gwir maen nhw.

Gwen Ac rwyt ti'n d'eud mai bocsio[2] sy'n ddiflas?!

A boxing match	ornest facsio
The most important	bwy sica
In order to leave	er mwyn galael
At the end	y diwedd
Boring	ddiflas

NODIADAU GRAMADEGOL | *Grammatical Notes*

1. **GORNEST** is the word for *'contest'* and is far better suited to boxing than the word for *'match'*; **GÊM**. A **GORNEST** is usually reserved in Welsh for *'a contest'* between two people.

2. It doesn't take a genius to realise that **BOCSIO** (= *boxing, to box*; i.e., *to fight in a ring, prizefighting*) comes from... yep, you guessed it... Latin, and relates to *fists*. Even though **BOCSIO** is probably the more common term used these days, Welsh also has **PAFFIO**. This term derives from Germanic origin meaning *'a thump'* or *'a whack,'* or any of the other terms strewn across the screen during a punch-up scene from the 1960s Batman series!

3. By now, you've probably encountered the word **PWYSIG** (= *important*). Much like many other adjectives (but by no means all... this is Welsh after all!), we can add suffixes, or endings, to show grades of comparison. I'll use **PWYSIG** to show examples:
   - **MOR BWYSIG Â/AG** = *as important as*
   - **PWYSICACH (NA/NAG)** = *more important (than)*
   - **(Y) PWYSICAF** = *(the) most important*

   What's becoming more and more prominent in recent years is using **MOR ___ Â/AG** (= *as ___ as*), **MWY ___ (NA/NAG)** (= *more ___ (than)*), and **(Y) MWYAF ___** (= *(the) most ___*) to show comparisons. In standard Welsh, this is only done with some adjectives like **DIDDOROL** (= *interesting*), **DONIOL** (= *funny*), **ARBENNIG** (= *special*), and **DIFLAS** (= *boring, miserable*).

4. Seeing as we're such a violent bunch, Welsh was bound to have numerous terms for *'to fight'*; **CWFFIO, YMLADD, BRWYDRO, SGRAP(I)O**, et al. **TARO** and **BWRW** mean *'to hit.'*

CWESTIYNAU

1. **Ble mae Sioned a Gwen?**
   Where are Sioned and Gwen?
2. **Ydy Sioned yn hoffi paffio?**
   Does Sioned like boxing?
3. **Beth mae paffwyr yn gwisgo?**
   Who does boxers wear?
4. **Ble mae Gwen eisiau mynd?**
   Where does Gwen want to go?
5. **Beth mae Gwen eisiau gwylio?**
   What does Gwen want to watch?

ATEBION

1. **Mae Sioned a Gwen yn y bar.**
   Sioned and Gwen are at the bar.
2. **Nac ydy, dydy hi ddim yn hoffi paffio.**
   No, she doesn't like boxing.
3. **Mae paffwyr yn gwisgo menig lledr.**
   Boxers wear leather gloves.
4. **Mae Gwen eisiau mynd adref.**
   Gwen wants to go home.
5. **Mae hi eisiau gwylio rhaglen deledu.**
   She wants to watch a television programme.

12

<u>TEIAR FFLAT[1]</u>

Mae Alun a Megan ar eu gwyliau. Ar y ffordd, mae sŵn[2] mawr yn dod o'r car. Mae Alun yn stopio'r car ar ochr y ffordd.

Alun	O, na!
Megan	Be' sy'?
Alun	Mae gynnon ni deiar fflat[1]! A 'sgynnon ni ddim teiar sbâr...
Megan	Mi gawn ni gerdded hyd at y tŷ gwyliau. Dim ond cilomedr o fan hyn ydy o.
Alun	Ond mae'n glawio!
Megan	'Sdim ots, mae gen i ymbarél!

Maen nhw'n dod allan o'r car ac yn dechrau cerdded efo'i gilydd.

Alun	Dw i mor sori, Megan. Mae'r gwyliau hyn yn drychineb!
Megan	Dydy hwnna ddim yn wir! A d'eud y gwir, mae hyn fel mis mêl ni!

Alun	O, ti'n gywir hefyd!
Megan	Mi gaethon ni broblem efo'r car, ac mi wnaethon ni gerdded tri chilomedr i gyrraedd y gwesty...
Alun	Ac doedden ni ddim yn medru ffeindio'r agoriad i 'stafell ni, felly ro'n i'n gorfod[3] dringo trwy'r ffenestr!
Megan	Mi wnest ti agor y drws i fi ac mi wnest ti sypreisio fi efo blodau!
Alun	Roedd o'n ddiwrnod bendigedig.

Maen nhw'n cyrraedd y tŷ gwyliau.

Megan	Dyma ni! Awn ni[4] mewn.
Alun	Yrm... dw i methu ffeindio'r agoriad!

A large sound/noise	Sŵn Mawr
We've got	Mae gynnon ni
Together	efo'i gilydd
I had to climb	ro'n i'n gorfod dringo
I can't find	dw i methu ffeindio

NODIADAU GRAMADEGOL | *Grammatical Notes*

1. **FFLAT** may look like a shameless theft of the English term *'flat,'* but it's used in Welsh frequently to suggest *'of little depth.'* **(G)WASTAD** means *'flat'* as in a plain surface, with **FFLAT** also used as an equivalent for *'an apartment.'* Finally, **MEDDALNOD** (literally, *'a soft note'*) is the term used for *'flat'* when discussing music.

2. A quick note on expressing *'a sound'* in Welsh; both **SŴN** and **SAIN** are largely interchangeable. Both become **SWNLLYD** (= *noisy*) as an adjective. **TWRW** is mostly southern and is used for *'a noise'* or *'an uproar'*.

3. I'd mentioned previously in the Parsnips and Owls series about using **GORFOD** (often shortened to **GOR'O(D)** in speech) to suggest *'must'* or *'have to.'* In this case, **RO'N I'N GORFOD** can be swapped for the more standard **ROEDD RHAID I FI/MI** (= *I had to, I was having to*).

4. Although **AWN NI** equates more literally to *'we [shall] go,'* it's commonly used these days to suggest *'let's go'*;
   - **AWN NI YNA WEDYN** = *We'll go there later*
   - **AWN NI AM FWYD** = *Let's go for food*

   For the grammar geeks, **AWN NI** is the first person plural present/future tense of **MYND** (= *to go*), with the simple past tense (or preterite) version being **AETHON NI** (= *we went*). **AEM NI** is a really archaic way of expressing *'we would go'* or *'we used to go,'* but this is covered by **BASEN NI'N MYND** or **ROEDDEN NI'N [ARFER] MYND** in the modern language.

CWESTIYNAU

1. **Ble mae Megan ac Alun ar y dechrau?**
   Where are Megan and Alun at the start?
2. **Ydy'r car yn iawn?**
   Is the car alright?
3. **Sut mae'r tywydd yn y stori?**
   How's the weather in the story?
4. **Pa mor bell gerddon nhw ar eu mis mêl?**
   How far did they walk on their honeymoon?
5. **Beth oedd Alun wedi'i golli erbyn y diwedd?**
   What had Alun lost by the end?

ATEBION

1. **Maen nhw ar wyliau.**
   Megan is at work.
2. **Nac ydy, mae problem gyda theiar y car.**
   No, there's a problem with the car's tyre.
3. **Mae hi'n bwrw glaw yn y stori.**
   It's raining in the story.
4. **Cerddon nhw dri chilomedr ar eu mis mêl.**
   They walked three km on their honeymoon.
5. **Roedd Alun wedi colli'r agoriad.**
   Alun had lost the key.

13

PABELL WYCH

Mae Owen a'i fab, Mabon, mewn pabell yn y goedwig gyda'r nos[1].

Owen Felly, wyt ti'n licio bod yma?

Mabon Na'dw, dim o gwbl!

Owen Dwyt ti ddim yn licio pabell ni? Mae hi mor fawr â[2]'n tŷ ni!

Mabon Mae'n well gen' i dŷ ni.

Owen Mae'r gwlâu[3] gwersylla 'ma'n gyffyrddus iawn.

Mabon Ond dw i methu cysgu yma!

Owen Mae gynnon ni farbeciw ac oergell hefyd.

Mabon Dw i'm isio bwyd o gwbl.

Owen Wyt ti'n licio'r toiledau symudol dw i wedi prynu?

Mabon Yndw, mae'r toiledau'n grêt!

Owen A hefyd mae gynnon ni deledu, radio, a gemau fideo ti!

Mabon Dw i'n gw'bod. Mae popeth bron[4] yn berffaith.

Owen	**Dw i'm yn dallt.**
	Be' sy' ddim yn iawn?
Mabon	O, dim byd... 'mond bod 'na *arth* tu
	allan! 'Dych chi ddim yn clywed o?
Arth	**Grrr!**

At night	gyda'r nos
As big as	mor fawr â
I can't sleep	dw i methu cysgu
Nearly everything	popeth bron
I don't understand	dw i'm yn dallt

NODIADAU GRAMADEGOL | *Grammatical Notes*

1. At first glance, **GYDA'R NOS** looks like it should mean *'with the night,'* but it's actually our way of expressing *'at night'* in Welsh. I guess it's more akin to *'by night'* – a term still used in modern English. A couple of other cool phrases to do with time that don't translate literally include;
   - **GYDA'R HWYR** = *in the evening*
   - **DROS Y SUL** = *over the weekend*
2. Although saying **MOR FAWR Â/AG** (= *as big as*) seems correct – and is how many natives express it – the actual term is **GYMAINT Â/AG**. I mention a little more about **GYMAINT** in the grammar section of story 15.
3. In standard Welsh, **GWELY** (= *a bed*) pluralises to **GWELYAU**. Makes sense, right? However, a few dialects say *'beds'* as **GWLÂU** (pronounced: *goo-lah-ee*).
4. The English equivalents for **BRON** are many in Welsh, but all translations share a common core. Firstly, it's used to describe *'a small hill(ock),'* as well as *'a breast'* as in the *'humped'* part of the female anatomy. When climbing small *humps* and *hills*, that final ascent before conquering the stroll happens as we're *'nearly'* or *'almost'* at the top, and this is **BRON**'s final English equivalent. Here are some examples to show how it works in real-life situations:
   - **DW I <u>BRON</u> WEDI CYRRAEDD** = *I've <u>almost</u> arrived*
   - **WYT TI <u>BRON</u> YMA?** = *Are you <u>nearly</u> here?*
   - **ROEDD HI <u>BRON</u> YN CRIO** = *She was <u>almost</u> crying*

CWESTIYNAU

1. **Ble mae pabell Owen a Mabon?**
   Where is Owen and Mabon's tent?
2. **Ydy'r pabell yn fawr?**
   Is the tent big?
3. **Ydy Mabon eisiau bwyd?**
   Does Mabon want food?
4. **Sut mae Mabon yn disgrifio'r toiledau?**
   How does Mabon describe the toilets?
5. **Beth sy' tu allan i'r pabell?**
   What's outside the tent?

ATEBION

1. **Mae'r pabell yn y goedwig.**
   The tent is in the forest/woods.
2. **Ydy, mae'r pabell mor fawr â'u tŷ nhw.**
   Yes, the tent is as big as their house.
3. **Dydy Mabon ddim eisiau bwyd o gwbl.**
   Mabon doesn't want food at all.
4. **Mae o'n disgrifio'r toiledau fel "grêt."**
   He describes the toilets as "great."
5. **Mae arth tu allan i'r pabell.**
   There's a bear outside the tent.

14

ARDDANGOSIAD CYNTA'R[1] FFILM

Mae Dylan yn nhŷ ei gefnder, Ryan. Actor ydy o sy'n byw yn Hollywood.

Dylan   Dw i mor gyffrous i ddod i arddangosiad cynta'[1] dy ffilm! Be' wyt ti'n feddwl o fy siwt newydd?

Ryan   Pam wyt ti'n gwisgo siwt? Does neb[2] yn mynd i weld ni. Dw i ond yn y ffilm am gwpl o funudau.

Dylan   Rhaid i ti wisgo dy ddillad gorau! Rhaid i ni edrych fel sêr ffilmiau go iawn ar gyfer y ffotograffwyr! Ac dw i 'di llogi limô hefyd!

Ryan   Dylan, na! ~~renteo~~

Mae Dylan a Ryan yn dringo mewn i'r limô. Mae'r limô'n stopio milltir o'r sinema.

Gyrrwr   Sori, ond mae 'na ormod o geir. ✈

Ryan   Ond mae'r arddangosiad[1] mewn ugain munud!

| Dylan | Ryan, rhaid i ni redeg!
| | Maen nhw'n dod allan o'r limô
| | ac yn cerdded trwy mwd[3].
| Dylan | Esgidiau fi!
| | Mae hi'n dechrau bwrw glaw.
| Dylan | Siwt fi!
| | Mae Dylan a Ryan yn rhedeg at y sinema. Pan maen nhw'n cyrraedd, maen nhw'n wlyb i gyd[4] ac mae'r mwd[3] hyd at eu gwallt.
| | Mae ffotograffydd yn tynnu llun ohonyn nhw.
| Ffotog. | Waw! 'Dych chi wedi bod mewn rhyfel neu rywbeth? 'Dych chi'n edrych fel bod chi newydd fod mewn ffilm!
| Ryan | Ti'n clywed hwnna, Dylan? Roeddet ti isio edrych fel bod ti'n seren ffilm!

In his cousin's house	yn nhŷ ei gefnder
Film stars	sêr ffilmiau
I have rented	dw i wedi llogi
Upto their hair	hyd at eu gwallt
To look like	edrych fel

NODIADAU GRAMADEGOL | *Grammatical Notes*

1. I toiled for far longer than I should have regarding how to express a Welsh equivalent for *'a première'* – as in the first showing of a film. As it turns out, Welsh just expresses this as **ARDDANGOSIAD CYNTAF**; literally *'a first showing.'* **ARDDANGOS** itself means *'to display,'* with **YMDDANGOS** meaning *'to appear.'* You may see signs in Wales saying **'TALU AC ARDDANGOS'** accompanied by *'Pay and Display'* when you're parking your vehicle. All these terms derive from **DANGOS** *'to show.'*

2. For those as pedantic as me regarding their use of English, double negatives are a no-go. In Welsh, however, we welcome them with open arms as a way of emphasising a negative. **DOES NEB**, as seen in this story, translates literally as *'there isn't no one'* i.e., *there isn't anyone* or *there is no one*. Here are some more examples:
   - **DW I DDIM YN GWELD DIM** = *I don't see anything*
   - **DW I DDIM YN GWELD NEB** = *I don't see anyone*
   - **DW I HEB FOD NUNLLE** = *I haven't been anywhere*

3. **MWD** – meaning *'mud'* – is not to be confused with **MŴD** (= *a mood*). **LLAID** or **LLACA** are also used for *'mud'* too. **MWDLYD** means *'muddy.'*

4. Using **I GYD** (= *completely, totally*) in the instances of **GWLYB I GYD** yields *'totally wet.'* In colloquial speech, **GWLYB SOCIAN** (from *'soaking'*) is also common.

CWESTIYNAU

1. **Pwy sy'n byw yn Hollywood?**
   Who lives in Hollywood?
2. **Pwy sy'n gwisgo siwt newydd?**
   Who's wearing a new suit?
3. **Beth mae Dylan wedi'i logi?**
   What has Dylan rented?
4. **Pa ran o'u cyrff sy' ddim yn llawn mwd?**
   Which part of their bodies isn't full of mud?
5. **Pwy sy'n meddwl bod nhw'n sêr ffilmiau?**
   Who thinks that they're film stars?

ATEBION

1. **Mae cefnder Dylan, Ryan, sy'n byw yno.**
   Dylan's cousin, Ryan, lives there.
2. **Dylan sy'n gwisgo siwt newydd.**
   It's Dylan who's wearing a new suit.
3. **Mae Dylan wedi llogi limô.**
   Dylan has rented a limousine.
4. **Does dim mwd yn eu gwallt nhw.**
   There's no mud in their hair.
5. **Y ffotograffydd sy'n meddwl bod nhw.**
   The photographer thinks that they are.

15

MAE'N AMSER NEWID

Mae Sioned yn cyrraedd adre' efo cadair las. Mae Gwen wrthi'n[1] darllen ar y soffa.

Sioned   Sbïwch! Dw i 'di ffeindio cadair newydd i'r 'stafell 'ma!

Gwen   **Wnest ti dalu lot am y gadair 'na?**

Sioned   Naddo, siŵr! Mi wnes i ffeindio hi tu allan o flaen y tŷ glas. Dw i'n meddwl bod y ddynes sy'n byw yna wedi marw... ond dyna ni[2], mae gynnon ni gadair newydd rŵan!

Gwen   **Gobeithio bod ti ddim yn meddwl am roi'r gadair 'na yn 'stafell ni?**

Sioned   Ro'n i'n meddwl fasech chi ddim yn licio hi.

Gwen   **Fydd hi ddim yn mynd yn iawn efo llenni ni.**

Sioned   Ond, mi gawn ni brynu cyrtens newydd.

Gwen Ond dw i'n licio llenni ni!

Sioned Os gwnawn ni brynu cyrtens newydd, mi fydd rhaid i ni[3] brynu *cwshions* clustogau newydd hefyd.

Gwen Dw i'n licio'r clustogau sy' gynnon ni rŵan.

Sioned Aaa, dw i'n mynd i brynu lamp newydd hefyd. Mi fydd y 'stafell 'ma'n hyfryd!

Gwen Ond dw i'n licio popeth fel mae.

Sioned Dw i'n sori, ond dw i'n mynd i newid popeth! Dw i mor hapus!

Gwen Mi fydd rhaid i ni brynu gymaint[4] o bethau newydd.

Sioned Bydd, ond roedd y gadair am ddim!

I've found	dw i wedi ffeindio
I found	wnes i ffeindio
Curtains (x2)	cyrten \ llenni
Everything as it is	popeth fel mae
So many new things	gymaint o bethau newydd

NODIADAU GRAMADEGOL | *Grammatical Notes*

1. Although I mentioned **WRTHI('N)** in Parsnips and Owls 2, I simply had to mention it again in Parsnips and Owls 3 because it's such an awesome phrase. Lazily, I've decided to simply copy-and-paste it from the last book... Result!;

   If you're clued up with French, **WRTHI'N** works a lot like *EN TRAIN [DE].* Essentially, if one is *'in the process of'* doing something, we squeeze **WRTHI'N** in there. It literally equates to *'unto it/her'*, but it enables us to differentiate between sentences like the following;
   - **DW I'N SIARAD** = *I'm speaking*   vs.
   - **DW I WRTHI'N SIARAD** = *I'm currently speaking*

2. **DYNA NI** translates literally as *'there we are,'* but it equates to *'there we have it.'* It's pretty common in the spoken language and is often coupled with **'TE** or **'TA** (to mean *'there we are then'*) or **(FE)LLY** (to mean *'there we are, therefore'*). In the north-east, it's used as **DENE NI**.

   Finally, my condolences to the family in the story...

3. **RHAID** (literally, *'a necessity'* or *'a must'*) can be used in cool ways in Welsh. Check these examples out;
   - **MAE'N RHAID** = *It's necessary to, one must*
   - **ROEDD [YN] RHAID** = *It was necessary to, one had to*
   - **BASAI'N RHAID** = *It would be necessary to, one'd have to*
   - **BYDD [YN] RHAID** = *It'll be necessary to, one'll have to*

4. **GYMAINT** (radical: **CYMAINT**) just seems to keep popping in this book, huh? In this instance, it's suggesting *'so many,'* but it also means *'as much/many [as],' 'the same size [as],'* and *'as big [as].'*

CWESTIYNAU

1. **Pa liw sy' ar soffa newydd Sioned?**
   What colour is Sioned's new soffa?
2. **Oedd Sioned yn disgwyl i Gwen hoffi'r soffa?**
   Was Sioned expecting Gwen to like the sofa?
3. **Be' arall mae Sioned eisiau prynu?**
   What else does Sioned want to buy?
4. **Pam mae Sioned mor hapus?**
   Why is Sioned so happy?
5. **Pam mae hi'n hapus prynu pethau newydd?**
   Why is she happy to buy new things?

ATEBION

1. **Mae'r soffa newydd yn las.**
   The new sofa is blue.
2. **Doedd hi ddim yn disgwyl i Gwen ei hoffi.**
   She wasn't expecting Gwen to like it.
3. **Mae hi eisiau prynu llenni, clustogau, a lamp.**
   She wants to buy curtains, cushions, and a lamp.
4. **Achos mae hi'n mynd i newid popeth.**
   Because she's going to change everything.
5. **Achos roedd y soffa am ddim.**
   Because the sofa was free.

16

DW I ISIO'R FRECHDAN

Mae Alun a Dylan yn y bwyty.

Alun   Dw i'n caru'r bwyty 'ma! Dw i wastad yn prynu'r frechdan gaws arbennig.

Dylan   **Fi hefyd.**

Mae'r gweinydd yn cyrraedd.

Gwein.   **Bore da, be' 'dych chi isio?**

Dylan   **Dwy frechdan gaws arbennig, plîs.**

Gwein.   **Mae'n ddrwg gen i. Dim ond un frechdan gaws arbennig sy' ar ôl[1].**

Alun   Dim problem, mi gym'a' i hi[2].

Dylan   **Aros funud. Pam ti sy'n chael hi? Dw i isio hefyd. Weinydd[3], fedrwch chi ddod 'nôl mewn dau funud?**

Mae'r gweinydd yn gadael.

Dylan   **Dw i isio'r frechdan, Alun.**

Alun   Fi hefyd, Dylan.

Dylan   **Syniad fi oedd dod yma!**

Alun   Mi wnes i helpu ti beintio dy fflat. Ac mi wnes i fenthyg fy nghar i ti.

Dylan	**Mi wnes i fenthyg dy gar er mwyn gyrru ti i'r ysbyty!**
Alun	Achos mi wnes i syrthio allan o dy ffenestr pan ro'n i wrthi'n peintio dy fflat! Hefyd, mi wnes i roi cacen siocled i ti tra roeddet ti yn yr ysbyty!
Dylan	**Roedd y gacen 'na'n <u>andros</u> o flasus. Iawn... mi gei di'r frechdan.** * **Mae'r gweinydd yn dy<u>chw</u>elyd.** *return* *
Dylan	**Mae fy ffrind isio'r frechdan gaws arbennig.**
Gwein.	**Sori, 'dych chi'n rhy hwyr. Mae rhywun arall wedi prynu'r frechdan ola' cyn chi.**
Alun	Dw i'n casáu'r bwyty 'ma!
Dylan	**Dyma'r tro ola' down ni yma!**

I always buy	dw i wastad yn prynu
I'll take it	mi gym 'a i hi
My idea	syniad fi
Whilst you were	tra roeddet ti
Too late	rhy hwyr

NODIADAU GRAMADEGOL | *Grammatical Notes*

1. **AR ÔL** literally translates as *'on [the] back [of]'* but can equate to both *'after[wards]'* and *'left [over].'* It's not to be confused with **YN ÔL** which means either *'according to'* or *'back[wards].'*
   In this instance, **SY' AR ÔL** means *'which is left [over].'*
   - **BE' SY' AR ÔL GEN TI?** = *What do you have left [over]?*
2. **CYMRYD** (= *to take*) is often shortened in Welsh and is, in fact, already shortened. **CYMERYD** > **CYMRYD** > **CYM'YD**;
   - **MI WNA' I GYM(R)YD Y DDAU** = *I'll take the[m] both*
   - **MI GYM'A' I HWNNA** = *I'll take/have that [one]*
3. Whenever I'm writing letters to parents and guardians as a teacher, I open with **ANNWYL RIANT NEU OFALWR**. You might have already known that **NEU** (= *or*) causes a soft mutation – unless the following term is a conjugated verb – but **ANNWYL** (= *dear*) has no reason to cause a soft mutation on **RHIANT** (= *a parent*)...
   That's because it doesn't! What's happening here is known as the vocative case which essentially means we're greeting someone or something directly. When used in Welsh, we softly mutate those to whom we're referring;
   - **WEINYDD, DEWCH YMA** = *Waiter, come here*
   - **FONEDDIGION A BONEDDIGESAU** = *Gent(')s and ladies*
   - **ANNWYL, RIENI** = *Dear, parents*
   - **DA IAWN, BLANT** = *Well done, children*
   - **BORE DA, BAWB** = *Good morning, everyone*
   This used to be done with given names in Welsh too, but only the Gaelic branch of the Celtic languages keeps this up nowadays.

CWESTIYNAU

1. **Pa fwyd mae Alun wastad yn ei brynu?**
   Which food does Alun always buy?
2. **Pwy sy' eisiau brechdan gaws heddiw?**
   Who wants a cheese sandwich today?
3. **Pryd bydd y gweinydd yn dychwelyd?**
   When will the waiter be returning?
4. **Pam wnaeth Dylan fenthyg car Alun?**
   Why did Dylan borrow Alun's car?
5. **Pwy sy'n cael y frechdan yn y diwedd?**
   Who gets the sandwich in the end?

ATEBION

1. **Mae o wastad yn prynu'r frechdan gaws.**
   He always buys the cheese sandwich.
2. **Mae Alun a Dylan (/ pawb) eisiau heddiw.**
   Alun and Dylan (/ everyone) want(s) it today.
3. **Bydd o'n dychwelyd mewn dau funud.**
   He'll be returning in two minutes.
4. **Er mwyn gyrru Alun i'r ysbyty.**
   In order to drive Alun to the hospital.
5. **Mae rhywun arall yn cael y frechdan.**
   Someone else gets the sandwich.

17

<u>YR HWYADEN LAS</u>

Mae Owen yn siarad efo gweinydd mewn bwyty.

Owen   Mae popeth yn ddrud iawn yma... ond ydy'r bwyd wir yn dda?

Gwein. 1   Dw i'n gw'bod bod y bwyd yn ddrud, ond 'dyn ni'n un o'r bwytai gorau yn y ddinas.

Owen   Iawn. Dw i isio 'neud argraff[1] dda.

Gwein. 1   'Dych chi'n siŵr bydd y person arall yn dod? 'Dych chi yma ers awr erbyn hyn.

Owen   Mi wnaeth hi dd'eud wrtha' i ddod i'r Hwyaden Las am saith o'r gloch.

Gwein. 1   O, 'dych chi yn yr Hwyaden Ddu.

Owen   Be'? Dim dyma'r Hwyaden Las?

Gwein. 1   Nac'i, ond dydy'r Hwyaden Ddu ddim yn rhy bell o fan hyn.

Owen   Ella bod hi dal[2] yna!

Mae Owen yn rhedeg er mwyn mynd i'r Hwyaden Las. Mae o'n gweld gweinydd.

Owen	Esgusodwch fi. 'Dych chi wedi gweld dynes dal^{2-} efo gwallt brown yn aros am rywun yma?
Gwein. 2	Do... ond wnaeth y person arall ddim cyrraedd. Dw i'n credu bod y person arall yn yr Hwyaden Ddu. Mi wnes i dd'eud wrthi i fynd yna.
Owen	O, na!
	Mae Owen yn gadael ac yn rhedeg. Mae dynes dal^{2-} efo gwallt brown yn aros ger^3 yr Hwyaden Ddu.
Owen	Branwen! Ti yma! Awn ni am fwyd?
Branwen	Mae'r bwyta ar fin^4 cau.
Owen	Dw i mor sori...
Branwen	O, 'sdim ots! Mi fedrwn ni fynd am sglods yn y bwyty gerllaw. Mae'n lot rhy ddrud yma.
Owen	Dw i'n meddwl mod i mewn cariad!

Very expensive	ddrud iawn
In the city	yn y ddinas
She told me	Gwnaeth hi ddweud wrtha i
To wait	aros
About to close	ar fin cau

NODIADAU GRAMADEGOL | *Grammatical Notes*

1. Unless you've got awful Welsh like me and say **PRINTIO** for *'to print,'* you've probably already encountered **ARGRAFFU**. Welsh uses **ARGRAFFU** to suggest *'to print'* as the act itself of *printing* creates an image or *'an impression.'* **ARGRAFF** is the noun form and equates to *'an impression,'* in Welsh; hence Owen hoping to make a good *'impression'* in this story.

2. Look in a dictionary and you'll find **DAL** as *'to hold.'* This is, of course, correct, but it's also used to express that something is *'still'* happening;
   - **WYT TI <u>DAL</u> YN DOD?** = *Are you <u>still</u> coming?*
   - **WYT TI'N <u>DAL</u> I SIARAD?** = *Are you <u>still</u> talking?*

   Watch out for **DAL** as a softly mutated version of **TAL** (= *tall*). This has been used – and noted – in this story.

3. **SGLODION**, or, as they're often more affectionately known in spoken Welsh, **SGLODS**, means *'chips'*... or *'fries'* for the American audience. **SGLODYN** is the singular noun, which also relates to *'chips'* used in technology thingamabobs.

   There have been two occasions I've noticed some incredible advertising in Welsh in two separate chippies [i.e., [fish and] chip shops]; **SIOP BYSGLODION** (a mixing of **PYSGOD** (= *fish*) and **SGLODION**), and **SIOP SGODS A SGLODS** (shortenings of **PYSGOD** and **SGLODION**). Absolute genius!

4. **AR FIN** literally translates as *'<u>on the point/edge [of]</u>,'* but it's a common phrase used to suggest one is *'about to [do something]'*;
   - **RO'N I <u>AR FIN</u> GADAEL** = *I was <u>about to</u> leave*
   - **BE' WYT TI <u>AR FIN</u> 'NEUD?** = *What are you <u>about to</u> do?*

CWESTIYNAU

1. **Ydy'r bwyd yn rhad yn y bwyty?**
    Is the food cheap at the restaurant?
2. **Pwy sy' heb ddod eto?**
    Who hasn't come yet?
3. **Faint o'r gloch ydy hi yn y stori?**
    What time is it in the story?
4. **Ym mha fwyty oedd Branwen yn aros?**
    In which restaurant was Branwen waiting?
5. **Beth mae Branwen eisiau am fwyd yn lle?**
    What does Branwen want for food instead?

ATEBION

1. **Nac ydy, mae'r bwyd yn ddrud yno.**
    No, the food is expensive there.
2. **Dydy Branwen (dêt Owen) heb ddod eto.**
    Branwen (Owen's date) hasn't come yet.
3. **Mae hi'n wyth o'r gloch yn y stori.**
    It's eight o'clock in the story.
4. **Roedd hi yn yr Hwyaden Ddu – yr un cywir!**
    She was in the Black Duck – the correct one!
5. **Mae Branwen eisiau sglodion yn lle.**
    Branwen wants chips instead.

18

GAWN NI OFYN AM GYFARWYDDIADAU

Mae Sioned ac Elan yn chwilio am rhywle i fwyta mewn pentre' bach.

Sioned Dw i 'di cael llond bol o gerdded, ac dw i wir isio bwyd!

Elan Dw i'n siŵr bod y lle 'ma ddim yn bell. Mae pawb yn d'eud bod y cogydd yn anhygoel.

Maen nhw'n gweld dynes ar ochr y ffordd.

Sioned Mi gawn ni ofyn iddi hi am le i fynd. Esgusodwch fi, 'dych chi'n gwybod sut i gyrraedd Bwyty Glaslyn?

Dynes Wrth gwrs! Trowch i'r chwith ar ben y ffordd 'ma. Wedyn, mi welwch chi[1] ddyn golygus iawn yn eistedd tu allan i dŷ coch. Trowch i'r dde ar ôl y tŷ 'na.

Sioned Diolch.

Mae Sioned ac Elan yn troi i'r chwith. O fewn[2] chwarter awr o gerdded, maen nhw'n gweld dyn yn eistedd tu allan i dŷ coch.

Sioned Fo ydy'r dyn?

Elan Nac'i. Mi ddudodd hi fod o'n olygus.

Sioned Mae o yn olygus!

Elan Ond dydy o ddim yn olygus *iawn*...

Sioned Os ti'n d'eud...

Dyn Esgusodwch fi? Dw i'n medru clywed chi, chi'n gw'bod?!

Elan O, yrm... Sori!

Sioned 'Dych chi'n gw'bod os 'dyn ni'n agos i Fwyty Glaslyn?

Dyn Na'dych. Mae'n bum milltir o fa'ma.

Sioned 'Dych chi'n siŵr?

Dyn Yndw, dw i'n gweithio yna. Fi ydy'r cogydd.

Elan Gwych! Fedrwch chi 'neud brechdan i fi? Dw i'n llwgu[3]!

Dyn Na fedra', mi wnaethoch chi dd'eud mod i ddim yn olygus.

Elan Do, ond roedd hwnna cyn i fi wybod mai cogydd 'dych chi.

To search for	chwilio am
At the side of the road	ar ochr y ffordd
You'll see	mi welwch chi
Five miles from here	bum milltir o fa'ma
Before I knew	cyn i fi wybod

NODIADAU GRAMADEGOL | *Grammatical Notes*

1. Although I've largely preferred using **GWNEUD** (= *to do, to make*) as an auxiliary verb to express both the simple past and future tenses in these stories, here's an example where I've gone back to the 'posher' side of Cymraeg.
   MI WELWCH CHI – also rendered as **MI WNEWCH CHI WELD** in more northern colloquialisms – means '*you (will) see.*' It's commonly encountered in the phrase for '*please*' in Welsh; **OS GWELWCH CHI'N/YN DDA**, which translates literally as '*if you (will) see it well.*'

2. Never mind **MEWN** being one of the only occasions where we recognise the indefinite article (English; *a, an*) in Welsh, but it's often softly mutated to **FEWN** incorrectly. In standard Welsh, it should only be mutated after '**O**' (= *of, for*). Check out these examples:
   - **O FEWN DENG MUNUD** = *within* ten minutes
   - **TU MEWN I'R BOCS** = *inside* the box
   - **MYND I MEWN** = *to go in [from outside]*

3. **LLWGU** actually translates as '*to clem*' or '*to famish,*' but it's used almost as an adjective these days to express '*starving*' or '*hungry,*' but **LLWGLYD** would be the actual adjective form. Other terms to express *hunger* include **STARF(I)O**, **NEWYNU**, and **EISIAU/CHWANT BWYD [AR]**;
   - **DW I'N LLWGU** = I am hungry
   - **DW I'N LLWGLYD** = I'm famished
   - **MAE EISIAU BWYD ARNI** = *she wants food, she's hungry*

CWESTIYNAU

1. **Beth sy'n poeni Sioned?**
   What's annoying Sioned?
2. **Pam mae Elan eisiau mynd i fwyty penodol?**
   Why does Elan want to go a certain restaurant?
3. **Pa liw tŷ maen nhw'n chwilio amdano?**
   Which colour house are they searching for [it]?
4. **Ydy'r dyn yn olygus iawn?**
   Is the man very handsome?
5. **Pam Elan wedi newid ei meddwl amdano?**
   Why has Elan changed her mind on him?

ATEBION

1. **Mae hi wedi cael llond bol o gerdded.**
   She's had enough of walking.
2. **Achos mae pawb yn hoffi'r cogydd yno.**
   Because everyone likes the chef/cook there.
3. **Maen nhw'n chwilio am dŷ coch.**
   They're searching for a red house.
4. **Yn ôl Sioned, ydy. Yn ôl Elan, nac ydy.**
   According to Sioned, yes. According to Elan, no.
5. **Mae hi'n gwybod bellach mai cogydd ydy o.**
   She knows now that he's a chef/cook.

19

Y SIWMPER

Mae Owen a Mabon mewn siop ddillad.

Mabon   Dadi, be' 'dyn ni'n 'neud yma?
'Dych chi'n casáu'r siop 'ma.

Owen   Dw i angen siwmper.

Mabon   Ond mae'n ganol haf.

Mae dynes yn cyrraedd sy'n gweithio yn y siop.

Dynes   Hei, Owen!

Owen   Ie, Owen. Dyna fi. Yrm... Helo!

Mabon   O... dw i'n gw'bod pam chi yma.

Dynes   Ga' i'ch helpu chi?

Owen   Cewch[1]! Dw i'n chwilio am siwmper.

Dynes   Rhaid i chi drïo'r siwmper werdd.
Mi fasai hi'n siwtio chi'n dda.

Owen   **Cŵl, diolch!**

Mabon   Ond 'dych chi'n casáu gwyrdd.

Owen   Isht! Dw i'n caru gwyrdd!

Mae Owen yn trïo'r siwmper.

Dynes   Mae'n siwtio chi'n dda iawn!

Mabon	Mae'n rhy fach, Dadi.
Owen	Be'? Dim o gwbl.
Dynes	Mae hi yn y sêl.
Owen	Mi gym'a' i hi ac mi wna' i ei gwisgo hi trwy'r dydd.
Dynes	Gwych! Gobeithio gwela' i chi[2] eto.
Owen	O, wir?
Mabon	Gawn ni fynd, Dadi?
	Mae Owen a Mabon yn gadael y siop.
Mabon	**Dadi, 'dych chi'n teimlo'n iawn? Mae'ch wyneb chi'n las.**
Owen	Dw i'n iawn!
Mabon	**'Dych chi ddim yn medru tynnu[3]'r siwmper... nag 'dych?**
Owen	Nac'dw.
Mabon	**Dewch. Awn ni i brynu siswrn.**

To arrive, to reach	cyrraedd
That's me	dyna fi
May I help you?	ga i'ch helpu chi
May we go?	gawn ni fynd
To remove	tynnu

NODIADAU GRAMADEGOL | *Grammatical Notes*

1. In my English-medium primary school, we were encouraged to use Welsh for the more common requests in class such as whether or not we were having school dinners or had brought lunch with us, or to ask to remove our jumpers. Perhaps the most notorious Welsh phrase people remember from their school days is **'GA' I FYND I'R TOILED/TŶ BACH?'** (= *May I go to the toilet?*). For years, I always thought it heartbreaking that my teacher would answer with "*K*" – not only did she not have the decency to answer me in Welsh, but she couldn't even be bothered to say "*OK*" fully! Years later, I discovered that '*yes, you may*' in Welsh is **CEI** (pronounced *kay*) or **CEWCH** and I've been feeling awful about this whole thing for years...

2. In the grammar section of the previous story, I mentioned how we can form the present/future tense in two ways. This is exactly what's happening in this story's example too. Note below how 'I'll see you' is rendered in both versions;

   - **GWELA' I CHI** or **FE'CH GWELAF [CHI]**
   - **MI/FE WNA' I WELD CHI** or **MI/FE WNA' I'CH GWELD**

3. **TYNNU** is used to mean '*to remove*' in Welsh, but it can also equate to '*to pull*,' '*to subtract*,' '*to tighten*,' and '*to draw*.' It derives from **TYN(N)** meaning '*tight*.'

CWESTIYNAU

1. **Pam mae Owen mewn siop ddillad?**
   Why is Owen in a clothes shop?
2. **Pa liw siwmper mae'r ddynes yn awgrymu?**
   Which colour jumper does the woman suggest?
3. **Ydy Owen yn hoffi gwyrdd go iawn?**
   Does Owen like green really?
4. **Beth mae Mabon yn feddwl o'r siwmper?**
   What does Mabon think of the jumper?
5. **Beth maen nhw angen prynu yn y diwedd?**
   What do they need to buy in the end?

ATEBION

1. **Er mwyn prynu siwmper newydd.**
   In order to buy a new jumper.
2. **Mae hi'n awgrymu siwmper werdd.**
   She suggests a green jumper.
3. **Nac ydy, dydy o ddim yn hoffi gwyrdd.**
   No, he doesn't like green.
4. **Mae o'n meddwl bod hi'n rhy fach.**
   He thinks [that] it's too small.
5. **Maen nhw angen prynu siswrn yn y diwedd.**
   They need to buy scissors in the end.

20

MAE'N GREFFT GO IAWN

Mae Dylan wrth gownter caffi newydd.

Dylan   Dydy'r coffi 'ma ddim yn neis iawn o gwbl! Ych a fi!

Barista   **Ond dw i wastad yn 'neud fy nghoffi fel yna!**

Dylan   Chi ddim yn gw'bod be' chi'n 'neud. Mae'r llefrith yn rhy boeth.

Barista   **Dw i ddim yn gw'bod be' 'dych chi isio. Dyma'r trydydd tro i mi 'neud coffi i chi.**

Dylan   Dw i'n mynd i ddangos i chi sut mae 'neud coffi da.

Mae Dylan yn cerdded tu ôl i'r cownter ac yn 'neud coffi perffaith. Mae'r gweinydd yn blasu'r coffi.

Barista   Waw, mae'n... anhygoel!

Dylan   Dw i'n gw'bod. Mae paned o goffi yn grefft go iawn!

Mae dynes yn dod i mewn i'r caffi.

Dynes	Paned o goffi, os gwelwch yn dda.
	Mae Dylan yn paratoi paned arall.
Dynes	Dyma'r coffi gorau dw i erioed wedi gael yn fy mywyd!
Dylan	Dw i'n gw'bod.
Barista	Soniwch amdanon ni[1] wrth eich teulu a'ch ffrindiau!
	Dwy awr yn hwyrach, mae 'na giw hir tu allan i'r caffi.
	Mae Owen yn cyrraedd.
Owen	Dylan! Ti'n gweithio yma bellach?
Dylan	Nac'dw! Ond does neb yma'n gw'bod sut i 'neud coffi da.
Owen	Ydyn nhw'n talu ti?
Dylan	Dw i'm yn 'neud hyn am y pres. Mae'n grefft go iawn.
Owen	Felly, mae'r coffi am ddim[2]?
Barista	Nac'di. Mae'n costio saith punt. A cherwch[3] i ben i ciw, plîs.

To show	i ddangos
Behind the counter	tu ôl i'r cownter
In my life	yn fy mywyd
Mention [about] us	soniwch amdanonni
For the money	am y pres

NODIADAU GRAMADEGOL | *Grammatical Notes*

1. **AM** can suggest a number of things like *'for,' 'on [with clothing],'* and *'at [a time],'* but it's probably most commonly used as *'about.'* You'll encounter it as **AMDAN** too and, owing to the list of personalised versions below, you'll see why;
   - **AMDANA(F) I** = *about me*
   - **AMDANAT TI** = *about you*
   - **AMDANO FO** = *about him*
   - **AMDANI HI** = *about her*
   - **AMDANOM/N NI** = *about us*
   - **AMDANOCH CHI** = *about you*
   - **AMDANYN(T) NHW** = *about them*
2. **AM DDIM** translates literally as *'for nothing,'* which is why we use it describe stuff we get for *'free,'* i.e., at *no cost*. Although a dictionary might tell us that **RHYDD** also means *'free,'* this term is reserved to describe something that's been *liberated* or is *exempt* from something. To express that something is *'free [of]'* something – as in it doesn't contain something – we can use either **DI-** or **HEB** (= *without*):
   - **CYNNYRCH <u>HEB</u> GLWTEN** = *gluten-<u>free</u> produce*
   - **DIODYDD <u>DI</u>-ALCOHOL** = *alcohol-<u>free</u> drinks*
3. It takes three things to happen to get **CHERWCH** out of **MYND** – yep, this monstrosity actually derives from **MYND** (= *to go*)!
   - **MYND** becomes **CER** (or sometimes **DOS**) in the imperative/command; **CER/DOS O 'MA!** = *Get from here!, Go away!*;
   - It's formal or plural form is **EWCH** in standard Welsh, but both **CERWCH** and **DOSWCH** can be heard in spoken language these days;
   - Finally, **A** (= *and*) forces an aspirate mutation which means **CERWCH** becomes **[A] CHERWCH** (= *and go[!]*).

CWESTIYNAU

1. **Pwy sy' wrth gownter y caffi newydd?**
   Who's at the counter of the new café?
2. **Sawl coffi mae'r barista wedi'u gwneud?**
   How many coffees has the barista made?
3. **Sut mae coffi Dylan yn blasu?**
   How does Dylan's coffee taste?
4. **Pwy sy'n cyrraedd ar ôl dwy awr?**
   Who arrives after two hours?
5. **Faint roedd y coffi'n costio?**
   How much did the coffee cost?

ATEBION

1. **Mae Dylan wrth y cownter.**
   Dylan is at the counter.
2. **Mae'r barista wedi gwneud tri choffi.**
   The barista has made three coffees.
3. **Mae coffi Dylan yn blasu'n "anhygoel."**
   Dylan's coffee tastes "incredible."
4. **Mae Owen yn cyrraedd ar ôl dwy awr.**
   Owen arrives after two hours.
5. **Roedd y coffi'n costio saith punt.**
   The coffee cost seven pounds.

21

MAE FY NGHOES YN BRIFO

Mae Elan yn agor drws ei fflat. Mae hi'n gweld Owen yn y cyntedd. Mae o mewn poen[1].

Owen	Elan, mae fy nghoes yn brifo. Fedri di yrru fi at y meddyg?
Elan	Wrth gwrs!

Mae Elan ac Owen yn dringo mewn i gar Elan.

Owen	O, na! Rhaid i fi nôl Mabon o'r ysgol. Fedren ni[2] fynd yna?
Elan	Iawn, dim problem.

Mae Elan ac Owen yn mynd i nôl Mabon o'r ysgol.

Owen	Awn ni i Swyddfa'r Post hefyd?
Elan	Ond mae dy goes di'n brifo, 'dydy?
Owen	Dw i angen help i nôl parsel.
Elan	Iawn...
Mabon	Sbïwch! Does neb yn siop sglods!

Mae Mabon yn pwyntio at y siop sglodion gyda'i fys.

Owen   Mae sglodion nhw'n fendigedig, ond mae 'na wastad ciwiau hir! Gawn ni fynd?

Elan   Rhaid i ni fynd at y meddyg!

Mabon   Ond does neb yna! Mae'n rhyfeddod[3] go iawn!

Nes ymlaen, mae Elan, Owen, a Mabon yn y siop sglodion.

Elan   Waw, roedd y sglodion 'na'n wych.

Owen   Oedd, ond rhaid i ni fynd i weld y meddyg rŵan.

Elan   Ydy dy goes dal yn brifo?

Owen   Nac'di, ond mae fy mol i'n brifo bellach... mi wnes i f'yta gormod o sglodion...

In pain	mewn poen
To fetch	nôl
Look!	sbiwch
A real miracle	rhyfeddod go iawn
Too much, too many	gormod

NODIADAU GRAMADEGOL | *Grammatical Notes*

1. Think of **POEN** as both *'a pain'* and as *'a worry.'* When you think about it, they're both similar in their sentiments. In this story, **POEN** relates to *'a pain'* Owen's feeling.
   - **RO'N I MEWN POEN** = *I was in pain*
   - **PAID [Â] BOD YN BOEN** = *Don't be a pain*
   - **PAM WYT TI'N POENI?** = *Why are you worrying?*

2. Welsh verbs are all about the endings; not just to describe the person doing the action, but also to describe when the action takes place. Check out these terms to see how employing various endings to the verb **MEDRU** (= *to be able to*) can forge rather differing meanings:
   - **MI FEDRA' I** = *I am able to, I can*
   - **MI FEDRWN I** = *I could*
   - **FEDRI DI...?** = *Are you able to...?, Can you...?*
   - **FEDRET TI...?** = *Could you...?*
   - **FEDRITH OWEN DDIM** = *Owen isn't able to, Owen can't*
   - **FEDRAI OWEN DDIM** = *Owen couldn't*

3. I first encountered **RHYFEDD** as meaning *'strange'* or *'weird,'* – as it's used in this story – but its derivation relates more to *'miraculous'* than *'strange.'* **RHYFEDDOL** is the adjective nowadays used to describe *'miraculous,'* with phrases like **RHYFEDDODAU DEWI SANT** (= *the miracles of Saint David*) still common. Then again, curing people of blindness, living to the age of 147, raising the ground beneath one's feet, and having a dove perpetually perching on one's shoulder might just today, for better or worse, be deemed rather *strange...*

CWESTIYNAU

1. **Beth sy'n bod ar Owen?**
   What's the matter with Owen?
2. **Pwy sy'n cynnig gyrru Owen at y meddyg?**
   Who offers to drive Owen to the doctor?
3. **Ble maen nhw'n mynd ar ôl nôl Mabon?**
   Where do they go after picking up Mabon?
4. **Faint o bobl sy'n ciwio am sglodion?**
   How many people are queuing for chips?
5. **Beth sy'n brifo Owen erbyn y diwedd?**
   What's hurting Owen by the end?

ATEBION

1. **Mae coes Owen yn brifo.**
   Owen's leg is hurting.
2. **Elan sy'n cynnig ei yrru at y meddyg.**
   [It's] Elan [who] offers to drive to the doctor.
3. **Maen nhw'n mynd i Swyddfa'r Post.**
   They go to the Post Office.
4. **Does neb yn ciwio am sglodion.**
   There's no one queuing for chips.
5. **Bol Owen sy'n ei frifo erbyn y diwedd.**
   [It's] Owen's belly [that]'s hurting him by the end.

22

YR HEN WRAIG

Mae Alaw'n gweithio mewn siop ddillad. Mae hi'n stopio dynes gain[1] sy' wrthi'n gadael y siop.

Alaw Esgusodwch fi? 'Dych chi newydd roi'r siwmper 'na yn eich bag?

Dynes Fi? Dim o gwbl.

Alaw Mi wnes i weld chi.

Dynes O, y siwmper yma? Ro'n i'n mynd i dalu, ond mi wnes i anghofio. Dw i'n hen ac dydy fy nghof[2] ddim yn gweithio fel roedd o.

Alaw Arhoswch... Mae gennych chi sgarff yn eich bag hefyd.

Dynes Ŵps!

Alaw Ga' i weld eich bag, plîs?

Dynes Yn y bag, mae sgarff ac oriawr.

Alaw Oeddech chi'n mynd i ddwyn hyn oll?

Dynes O'n! Dw i'n caru dwyn pethau! Dw i'n byw ar fy mhen fy hun ac dw i'n diflasu[3]. Yn y dyfodol,

	mi wnei di ddallt. Ga' i adael rŵan? Dim ond hen ddynes fwyn[4] 'dw i.
Alaw	Mwyn[5]? Go iawn?
Dynes	Na, dim go iawn, ond 'rwyt ti'n mynd i adael i fi fynd achos 'rwyt ti'n fwyn.
Alaw	Iawn, ond cyfrinach ni ydy hi.
Dynes	Diolch!

Mae'r hen ddynes yn codi'i bag ac yn gadael y siop. Mae bòs Alaw'n cyrraedd. Mae hi'n flin[5].

Bòs	Wnest ti adael iddi hi fynd?
Alaw	Do, pam?
Bòs	Mae hi 'di dwyn bag a thri chan punt!

An elegant woman	dynes gain
As it was/used to	fel roedd o
All of this	hyn oll
A gentle old woman	hen ddynes fwyn
She has stolen	Mae hi wedi dwyn

NODIADAU GRAMADEGOL | *Grammatical Notes*

1. **CAIN** – pronounced as *kah-een* – isn't the only word that's been new to me since compiling this book, and it's story isn't the only one that's been interesting to me. Rendered as **QUEN** in Old Breton, and as **CÁIN** in Old Irish (but probably borrowed from Old Welsh), this beauty of a word means *'elegant'* these days, but previously encompassed *'bright'* and *'beautiful'* too.

2. Who doesn't love how primitively – for want of a far better term – Welsh forges new words and meanings?;
   - **COF** = *memory, brain* [in certain circumstances]
   - **COFIO** = *to remember*
   - **COFION** = *regards*
   - **COFNOD** = *a record, a minute* [of a meeting]
   - **ATGOF** = *recollection*
   - **ATGOFION** = *recollections, memories*

3. **DIFLASU** is a verb equating to *'to tire of'* or *'to bore of'*:
   - **MI WNES I DDIFLASU EFO NHW** = *I [got] bored of them*

   DIFLAS itself holds three meanings; *boring/tedious, miserable, distasteful/tasteless* (from **DI-** + **BLAS** (= *taste*))

4. Although **MWYN** is also the word for *'an ore'* or *'a mineral,'* it's used frequently to describe something as 'mild':
   - **AWEL FWYN** = *a mild breeze/zephyr*
   - **MWYNGLODDIO** = *to mine*

5. **BLIN** is how northerners say *'angry'* but **DIG**, **CRAC**, and **CAS** are also fair equivalents too. The term can also be found in **BLINO** (= *to tire [of something], to fatigue*).

CWESTIYNAU

1. **Pwy sy' ar fin gadael y siop?**
   Who's about to leave the shop?
2. **Beth mae'r ddynes newydd roi yn ei bag?**
   What has the woman just put in[to] her bag?
3. **Beth ydy esgus y ddynes?**
   What's the woman's excuse?
4. **Beth arall oedd yn ei bag hi?**
   What else was in her bag?
5. **Faint o arian wnaeth y ddynes ddwyn?**
   How much money did the woman steal?

ATEBION

1. **Mae dynes gain sy' ar fin gadael y siop.**
   An elegant woman is about to leave the shop.
2. **Mae hi newydd roi siwmper yn ei bag.**
   She's just put a jumper in[to] her bag.
3. **Mae hi'n dweud bod hi wedi anghofio talu.**
   She says [that] she has forgotten to pay.
4. **Roedd sgarff ac oriawr hefyd yn ei bag hi.**
   There was a scarf and a watch also in her bag.
5. **Gwnaeth hi ddwyn tri chan punt (a bag).**
   She stole three hundred pounds (and a bag).

23

<u>CINIO EFO'R PSG[1]</u>

Mae Elan wrth ei gwaith. Mae'i bòs, Ieuan, yn dod i siarad â hi.

Ieuan   Elan, dw i'n mynd am ginio efo'r PSG heno. Fedri di ddod? Doeddet ti ddim ar gael[2] y tro diwetha'.

Elan   Mi faswn i'n caru dod, ond dw i methu, yn anffodus.

Ieuan   Ond mae hi wir isio cyfarfod ti...

Elan   Dw i'n gw'bod. Mae'n ddrwg gen i.

Nes ymlaen, mae Ieuan yn y bwyty gyda'r PSG[1], Mali. Mae Elan yn cerdded heibio i'w bwrdd nhw.

Ieuan   Elan, 'rwyt ti yma!

Elan   O... noswaith dda, Ieuan! Wnest ti ddewis... y bwyty yma?!

Ieuan   Dw i mor hapus! Dyma Mali, ein PSG[1] ni.

Elan   Yrm... a d'eud y gwir, dw i ddim yma i'ch gweld chi.

Ieuan   Be'?!

Elan	Gweinyddes ydw i yn y bwyty 'ma bob nos...
Mali	Dyma'r hyfforddai roeddech chi isio i fi chyfarfod?
Ieuan	Ie, ond do'n i ddim yn ymwybodol[3] ei bod hi'n...
Mali	Roedd gen i ddwy swydd pan ro'n i'n ifanc! Elan, dw i'n gweld yn glir eich bod chi'n gweithio'n galed iawn. Dw i isio clywed eich syniadau i gyd!
Elan	Waw, diolch yn fawr! Ond dim rŵan, rhaid i fi nôl bara i'ch bwrdd neu fydd fy mòs arall ddim yn hapus.

CEO	↑ti ddim ar gael
You weren't available	PFG
Trainee	hyfforddai
I want to hear	dw i isio clywel
To fetch some bread	nôl bara

NODIADAU GRAMADEGOL | *Grammatical Notes*

1. Deriving from **GWAITH** (= *work*), **GWEITHRED** is *'an action,'* yielding **GWEITHREDU** meaning *'to act [upon something].'* **GWEITHREDWR/AIG** is *'an operator'* or *'an executive.'* Nearly there! **PRIF** – from *primus* in Latin meaning *'top'* or *'highest'* – occurs in Welsh to suggest similar. Noting the ensuing soft mutation, note the following examples:
   - **<u>PRIF</u>YSGOL** = university (lit. <u>top</u> school)
   - **PRIF <u>W</u>EINIDOG** = <u>first</u>/<u>prime</u> minister
   - **<u>PRIFATHRO</u>/AWES** = <u>head</u>teacher
   - **PRIF <u>F</u>YNEDFA** = <u>main</u> entrance
   - **PRIF <u>W</u>EITHREDWR/AIG** = <u>chief</u> executive
2. **AR GAEL** means *'available,'* but it actually translates as *'on having/getting.'* There are a few terms in Welsh that use **AR** (= *on*) in, what learners might perceive to be, strange ways. **<u>AR</u> AGOR** (= *open[ed]*) and **<u>AR</u> GAU** (= *closed*) also employ this phenomenon which, I think, is related to how Gaelic languages use *A(I)R* (= *on*) to form past participles. Even though **AR GAEL** is two words, the noun **ARGAELEDD** (= *availability*) is all one word.
3. I love how much we can mess around with the word **GWYBOD** (= *to know [something]*);
   - **<u>GWYBOD</u>AETH** = *information, knowledge*
   - **YM<u>WYBOD</u>** = *consciousness*
   - **YM<u>WYBOD</u>OL** = *conscious*
   - **ANYM<u>WYBOD</u>(OL)** = *unconscious, unaware*

CWESTIYNAU

1. **Beth ydy enw bòs Elan?**
    What's the name of Elan's boss?
2. **Aeth Elan am ginio y tro diwethaf?**
    Did Elan go for dinner [the] last time?
3. **Pwy sy' eisiau cyfarfod Elan?**
    Who wants to meet Elan?
4. **Ble arall mae Elan yn gweithio?**
    Where else does Elan work?
5. **Beth mae Mali eisiau gan Elan?**
    What does Mali want from Elan?

ATEBION

1. **Enw bòs Elan ydy Ieuan.**
    Elan's boss's name is Ieuan.
2. **Naddo, aeth hi ddim y tro diwethaf.**
    No, she didn't go [the] last time.
3. **Y PSG sy' eisiau cyfarfod Elan.**
    [It's] the CEO [who] wants to meet Elan.
4. **Mae Elan yn gweithio mewn bwyty hefyd.**
    Elan works in a restaurant too.
5. **Mae Mali eisiau clywed syniadau Elan.**
    Mali wants to hear Elan's ideas.

24

DYLAN YN LOS ANGELES

Mae Dylan yn ymweld â'i gefnder, Ryan, yn Los Angeles. Mae o'n mynd i'r gegin gyda'i gamera a'i lyfr teithio.

Ryan   S'mai, Dylan! Dw i'n gweithio heddiw, ond 'swn i'n hapus i dd'eud wrtha' ti sut i gyrraedd lle bynnag[1] yn y ddinas!

Mae Dylan yn dangos tudalen i Ryan o'i lyfr teithio.

Dylan   Lle mae'r palmant enwog efo'r sêr ar y llawr?

Ryan   Mae hwnna yng ngorllewin y ddinas. Rhaid i ti fynd ar y brifffordd am awr nes[2] cyrraedd Hollywood Boulevard.

Dylan   Am awr?! Mae hwnna'n rhy hir. Ydy'r llythrennau 'Hollywood' yn agos i fan hyn?

Ryan	Mae'r rheina yng ngogledd y ddinas. Rhaid i ti fynd yn syth ar Vermont Avenue am un awr.
Dylan	Ella 'swn i'n medru mynd i Malibu?
Ryan	O, na! Paid hyd yn oed[3] trïo. Basai'n o leia' ddwy awr o dagfa[4] draffig.
Dylan	Oes 'na rywle sy'n llai nag iawn o fan hyn?
Ryan	Hmmm, mae'r amgueddfa gelf 'mond yn bum deg naw munud o fan hyn.

Mae Dylan yn gadael y gegin.

Ryan	Lle wnei di fynd, felly?
Dylan	Ddudest ti fod di wedi prynu teledu newydd, do?
Ryan	Do! Mae o yn y lolfa.
Dylan	Dyna le dw i am[5] fynd.

To visit [with]	ymweld â
I'd be happy	'swn i'n hapus
Close to here	agos i fan hyn
Maybe I could	ella 'swn
In the living room	yn y lolfa

NODIADAU GRAMADEGOL | *Grammatical Notes*

1. **BYNNAG** has been a staple of the Welsh language since the days of Old Welsh, appearing as **PINNAC** in the 9th century. The best equivalent I can offer is '*-(so)ever*,' as shown in the following examples;

   - **BETH BYNNAG** = *what(so)ever*
   - **PWY BYNNAG** = *who(m)(so)ever*
   - **FAINT BYNNAG** = *how(so)ever many/much*
   - **PRYD BYNNAG** = *when(so)ever*
   - **SUT BYNNAG** = *how(so)ever*
     - Note: **FODD BYNNAG** = *however* (i.e., adverb)
   - **PA BYNNAG** = *which(so)ever*
     - **PA BYNNAG AMSER** = *whichever time*
     - **PA BYNNAG UN** = *whichever one*

2. '*Until*' (or '*till*') can be expressed in two ways in Welsh; **(HYD) NES** or **TAN**. For the grammar geeks, **NES** is actually a preposition, whereas **TAN** is a conjunction.

3. **HYD YN OED** always stood out to me as a learner because it required three words when its English equivalent is only four letters. Suggesting '*even*,' we use **HYD YN OED** to say stuff like **HYD YN OED HWNNA?** = *Even that [one]?*

4. I had to make a note on **TAGFA [DRAFFIG]** (= *a [traffic] jam*) because **TAGU** (= *to choke, to suffocate*) and **-FA(N)<-MAN** (= *place, locality*). Essentially, '*a traffic jam*' is '*a place where traffic chokes.*' Cool!

5. Whether you're a **MO'YN** or an **EISIAU** (or **ISIO**) kind of person, '*to want*,' is clearly an important term to know. We can also use **AM** (= *about*) too, but instead of simply expressing '*to want*,' it suggests slightly more of an intent to do something, rather than simply a desire. As you may have guessed, it's not too easy to explain in English. Note that '*to intend (to)*' is **BWRIADU** or **PASA**.

   - **DW I <u>AM</u> FYND RŴAN** = *I'm <u>intending/wanting</u> to go now*

CWESTIYNAU

1. **Pwy ydy cefnder Dylan?**
   Who is Dylan's cousin?
2. **Ble mae cefnder Dylan yn byw?**
   Where does Dylan's cousin live?
3. **Pa mor bell mae Malibu o dŷ Ryan?**
   How far is Malibu from Ryan's house?
4. **Ble sy'n llai nag awr i ffwrdd?**
   Where is less than an hour away?
5. **Sut bydd Dylan yn treulio'r prynhawn?**
   How will Dylan be spending the afternoon?

ATEBION

1. **Ryan ydy cefnder Dylan.**
   [It's] Ryan [who] is Dylan's cousin.
2. **Mae Ryan yn byw yn Los Angeles.**
   Ryan lives in Los Angeles.
3. **Mae hi'n ddwy awr i ffwrdd gyda thraffig.**
   It's two hours away with traffic.
4. **Mae'r amgueddfa gelf yn llai nag awr i ffwrdd.**
   The art museum is less than an hour away.
5. **Bydd Dylan yn gwylio'r teledu trwy'r p'nawn.**
   Dylan'll be watching the television all afternoon.

25

GWYLIAU YN Y MAES AWYR

Mae Alaw ac Anwen yn y maes awyr. Maen nhw'n gadael ar wyliau gyda theulu Anwen. Mae mam Anwen yn cerdded tuag atyn nhw.

Mam   Sori, ferched. Mi fydd awyren ni'n dair awr yn hwyr.

Alaw   Tair awr?!
Dw i'n casáu meysydd[1] awyr.

Anwen   Mae'r maes awyr yma'n enfawr. Mi gawn ni ffeindio digon o bethau hwyl i'w 'neud.

Alaw   'Sdim byd hwyl i 'neud mewn maes awyr.

Anwen   Mi fedren ni fynd i'r siop ddillad.

Alaw   Pwy sy' isio prynu dillad mewn maes awyr?
Nes ymlaen, mae Alaw'n gwisgo crys-t newydd o'r siop ddillad.

Anwen   Dw i'n caru crys-t newydd ti, Alaw.

Alaw   Isht...

Anwen   Ti'n ffansïo bach o fwyd?

Alaw   Yndw, ond dw i ddim yn mynd i f'yta mewn maes awyr!

Anwen	Mae 'na fwyty Japaneaidd wrth ymyl i'r sba.
Alaw	Mae 'na sba yma?
	Oes! Mae 'na lwyth o bethau i'w 'neud!
	Yn hwyrach wedyn, mae Alaw ac Anwen yn bwyta yn y bwyty Japaneaidd.
Alaw	Iawn, mi wna' i gyfadde[2]...
	Dw i'n caru'r maes awyr 'ma.
Anwen	Fi hefyd, ond rŵan dw i wedi blino'n lân.
Alaw	Mae gen i syniad.
	Nes ymlaen, mae mam Anwen yn chwilio amdanyn nhw. Mae hi'n eu ffeindio nhw'n eistedd ar y cadeiriau tylino'r corff[3] yn y sba.
Mam	Dewch ymlaen, ferched. Mi fydd yr awyren yn gadael cyn bo hir!
Anwen	Gawn ni aros fan hyn?
Mam	Be' am ein gwyliau ni?
Alaw	Dyma wyliau gorau fy mywyd!

Towards them	trag atyn nhw
We could go	Mi ~~gal~~ fedrenni fynd
Loads of things	digon o bethau
Massage chairs	cadeiriau tylino'r corff
Of/in my life	fy mywyd

NODIADAU GRAMADEGOL | *Grammatical Notes*

1. Welsh pluralises nouns in many different ways – probably the most common being adding **–(I)AU**.
   One of the more obscure and interesting ways is seen when pluralising **MAES** (= *a pitch, a field*); **MEYSYDD**. An interesting change in pronunciation also occurs with this examples too; **MAES** (*MAH-ees*) > **MEYSYDD** (*MAE-sith*).

2. Due to dialectal differences, you'll encounter **CYFADDEF** as both **CYFADDA'** and **CYFADDE'**. My north-eastern dialect prefers the latter – as well as south-western dialects. Meaning '*to admit,*' here are a few real-life phrases where I've come across it;

   - **RHAID I FI <u>GYFADDE'</u>** = *I have to <u>admit</u>*
   - **MI WNAETH O'I <u>GYFADDEF</u>** = *He <u>admitted</u> it*
   - **'SWN I DDIM YN <u>CYFADDA'</u> IDDO** = *I wouldn't <u>admit</u> to it*

   Fun fact that I've just learned writing these notes, **CYFADDEF** is to *admit* to a breaching of rules, **ADDEF** is to *admit* facts. Welsh is awesome!

3. **TYLINO'R CORFF** was another new one on me when compiling this book. Apparently, it's '*to massage [the body].*' And there was me thinking that **MASAJIO** was the proper word! **TYLINO** actually translates as '*to knead.*'
   CORFF is a fun word too, actually. From **CORPUS** in Latin (= <u>body</u>), it's seen in English in words like *corporation* (i.e., *a <u>body</u> of a company/business*), *corpse* (i.e., *a deceased <u>body</u>*), and *corporal* (i.e., *a member of the body of an army*).

CWESTIYNAU

1. **Teulu pwy sy'n mynd ar wyliau?**
   Whose family is going on holiday?
2. **Faint o aros sydd am yr awyren?**
   How much of a wait is there for the aeroplane?
3. **Beth mae Alaw'n prynu o'r siop ddillad?**
   What does Alaw buy from the clothes shop?
4. **Pa fwyty mae Anwen yn ei ddewis?**
   Which restaurant does Anwen choose?
5. **Oedd Alaw'n hapus ar y diwedd?**
   Was Alaw happy at the end?

ATEBION

1. **Teulu Anwen sy'n mynd ar wyliau.**
   [It's] Anwen's family [who] are going on holiday.
2. **Mae tair o aros am yr awyren.**
   There's three hours of waiting for the aeroplane.
3. **Mae hi'n prynu crys-t newydd o'r siop.**
   She buys a new t-shirt from the shop.
4. **Mae hi'n dewis bwyty Japaneaidd.**
   She chooses a Japanese restaurant.
5. **Oedd. Dyma oedd ei hoff wyliau erioed.**
   She was. This was her favourite holiday ever.

26

MAE ANWEN YN DYSGU GYRRU

Mae Anwen, merch ifanc, yn gyrru car am y tro cyntaf. Mae Elan, ei hyfforddwraig, yn dysgu hi sut i yrru.

Anwen Ydw i'n gyrru'n dda?

Elan Cofia[1] edrych ar y ffordd! Arafach! Mae'n beryglus i yrru'n gyflym.

Anwen Sori!

Elan Tro i'r chwith yn fan hyn.
Mae Anwen yn troi.

Elan Mi wnest ti droi i'r dde.

Anwen Sori.

Mae car arall yn cyrraedd yn gyflym iawn o flaen Anwen ac Elan.

Elan Gofalus!

Anwen Mae gyrrwr y car arall yn ofnadwy! Roedden ni bron 'di cael damwain!

Elan Mae hon yn lôn unffordd, Anwen.
Mae Anwen yn rhoi ei phen allan o ffenestr y car ac yn gweiddi[2].

Anwen Ie! Glywoch chi hwnna?
Mae hon yn lôn unffordd!

Elan A d'eud y gwir, Anwen...
ti sy'n mynd y ffordd anghywir.

Anwen	O, na! Oes rhaid i fi stopio?
Elan	Nac oes, cer yn gyflymach!
Anwen	Ond 'dych chi newydd dd'eud bod hwnna'n beryglus!
Elan	Do, ond mae'n fwy peryglus i aros yn fan hyn! Mae rhywun yn dilyn ni!
Anwen	Rhywun yn dilyn ni? Pwy?
Elan	Mi wnest ti daro dau gar oedd wedi parcio bum munud yn ôl, ac rŵan 'dyn ni'n cael ein dilyn gan berchnogion y ceir.
	Mae Anwen yn edrych yn ei drych.
Anwen	Maen nhw reit tu ôl i ni!
	Mae Anwen yn gyrru'n gyflymach.
Elan	Anwen!
Anwen	Be?!
Elan	Ti'n gyrru'n dda iawn!
Anwen	O, ydw i?
Elan	Wyt! Ti'n gyrru'n well pan ti gyn ofn[3]!

Her instructor	ei hyfforddwraig
Careful!	Gofalus!
An accident	damwain
You hit two cars	mi wnest ti daro dau gar
When you're scared	pan ti gyn ofn

NODIADAU GRAMADEGOL | *Grammatical Notes*

1. Even though it translates more literally as *'remember'* (as a command) in the instance highlighted, **COFIA** (or **COFIWCH** in the plural/formal form) is used in another situation too, as the tag; *'don't forget!'*, *'don't you know?!'*

   - **MAE O'N NEIS, COFIA** = he's nice, don't forget
   - **MAE'N OER, COFIWCH** = *it's cold, don't you know?*

   It can also be used where English might say *'tell [someone] that [someone else] is asking for them,'* e.g., when meeting someone who's likely to see another person before you;

   - <u>**COFIA**</u> **FI ATYN NHW** = *remember me to them*
     - ○ = *tell them I'm asking for them*
   - <u>**COFIWCH**</u> **NI ATI HI** = *remember us to her*
     - ○ = *tell her we're asking for her*

2. **GWEIDDI** means *'to shout'*; not to be confused with **GWEDDI** which is *'a prayer.'* **GWEDDÏO** is the verb *'to pray.'*

   Expressing stuff like *'bored,'* *'excited,'* *'scared,'* etc aren't too straight-forward in Welsh. These days, people either use the terms for *'boring,'* *'exciting,'* and *'scary,'* respectively – or sometime even just using the English words themselves! – so here's how to do it correctly;

   - **DW I WEDI DIFLASU** = *I've [become] bored > I'm bored*
   - **DW I WEDI CYFFROI** = *I've [become] excited > I'm excited*
   - **MAE GEN I OFN** = *I've got fear > I'm scared*

In the example in this story, I've used the phrase **TI GYN OFN** to express *'you're scared.'* This is from north-eastern Welsh where showing possession is done by using the pronoun + **GYN** or **GIN**.

CWESTIYNAU

1. **Beth mae Anwen wrthi'n wneud?**
   What is Anwen currently doing?
2. **I ba gyfeiriad mae Elan yn gofyn iddi droi?**
   To which direction does Elan ask her to turn
3. **I ba gyfeiriad mae Anwen yn troi?**
   To which direction does Anwen turn?
4. **Pwy sy'n mynd y ffordd anghywir ar y lôn?**
   Who is going the wrong way on the lane/road?
5. **Pryd mae Anwen yn gyrru'n well?**
   When does Anwen drive better?

ATEBION

1. **Mae Anwen yn dysgu gyrru car.**
   Anwen is learning to drive a car.
2. **Mae Elan yn gofyn iddi droi i'r chwith.**
   Elan asks her to turn [to the] left.
3. **Mae hi'n troi i'r dde.**
   She turns [to the] right.
4. **Anwen sy'n mynd y ffordd anghywir.**
   [It's] Anwen [who] going the wrong way.
5. **Pan mae hi wedi dychryn.**
   When she is/has been frightened.

27

PWY SY'N DOD AM GINIO?

**Mae Gwen wrthi'n paratoi cawl.
Mae Sioned yn dod i'r gegin.**

Gwen Gesia[1] pwy sy'n dod am ginio heno?

Sioned Wel, 'dych chi'n paratoi'ch cawl pysgod arbennig, felly mae hwnna'n golygu rhywun arbennig.

Gwen Yn hollol! Rhywun arbennig iawn.

Sioned Eich ffrind, yr actores Eidaleg?

Gwen Nac'i, mae hi'n gweithio ar ffilm newydd. Mae'n rhywun pwysicach. Ti methu aros mewn dillad gwely ti!

Sioned O, wir? Iawn, mi a' i i newid rŵan.

Mae Sioned yn mynd i'w hystafell wely. Mae hi'n gwisgo crys a jîns.

Sioned Eich ffrind chi sy'n dod... Llŷr? Roedd o yn yr Ariannin yn tynnu lluniau o gauchos[2], doedd? Ydy o wedi dod 'nôl i Gymru bellach?

Gwen Nac'i, mae o'n tynnu lluniau o lewod rŵan. Yn India.

Sioned Y gofodwr roeddech chi'n arfer gweithio efo?

Gwen	Nac' i, mae o wrthi'n paratoi at fynd i'r blaned Mawrth.
Sioned	Aros funud... gobeithio mai dim dêt i fi ydy o! Dw i ddim angen eich help chi i ffeindio cariad.
Gwen	Wrth gwrs dim dêt ydy o!
	Mae rhywun yn cnocio[3] ar y drws. Ffrind Gwen, Ffranc, sy' 'na.
Gwen	Sioned, dyma Ffranc.
Ffranc	S'mai, Sioned. Roedd dy nain wir isio ni gyfarod.
Sioned	Nain...!
Gwen	Mae Ffranc yn helpu pobl i sgwennu CV.
Ffranc	Mae dy nain yn d'eud bod chi'n chwilio am help i ffeindio swydd.
Sioned	O... dw i'n mynd i newid 'nôl i byjamas fi.

To prepare	paratoi
More important	pwysicach
To her bedroom	i'w hystafell wely
Of course	wrth gwrs
To search for	chwilio

NODIADAU GRAMADEGOL | *Grammatical Notes*

1. **DYFALU** is the verb *'to guess'* in Welsh. It shares links with the term **DYFAL** (= *assiduous, diligent*) – itself seen in the awesome phrase; **DYFAL DONC A DYR Y GARREG** (= *steady tapping breaks the stone*) which literally translates as *'diligent ringing/tapping breaks the stone.'* The phrase itself refers to persistent effort leading to success. A similar phrase exists in German - ***steter Tropfen höhlt den Stein*** – and literally means *'constant dripping makes a hole in the stone.'*
Despite the gorgeous array of meanings and ideas above, I decided to use the term **GESIO** (from, *'to guess'* in English). Apologies!
   - **DYFALA/GESIA LLE DW I'N MYND** = *Guess where I'm going*
   - **DYFALWCH/GESIWCH YR ATEB** = *Guess the answer*
2. If you've been learning Welsh for a decent amount of time, you're likely to have come across the history of **Y Wladfa** (= *The Colony*) in the Patagonian region of Argentina (and a small part of Chile). What many don't know is that the area is home to gauchos; skilled and brave horsemen who, amongst other things one both sides of the law (historically, anyway), have farmed the lands in the lower parts of South America for generations. A decent few are Welsh speaking and are pretty proud of that fact too.
3. Although English has a silent *K-* in *'to knock,'* Welsh is always consistent in its pronunciation and, as such, pronounces **CNOCIO** as *knok-yoh*.

CWESTIYNAU

1. **Beth mae Gwen wrthi'n baratoi am fwyd?**
   What is Gwen currently preparing for food?
2. **O le mae'r actores sy'n ffrind i Gwen yn dod?**
   From where is actress who's Gwen's friend?
3. **I ba ddillad mae Sioned yn newid?**
   In[to] which clothes does Sioned change?
4. **Pwy sy'n cnocio ar y drws?**
   Who knocks on the door?
5. **Beth ydy swydd Ffranc?**
   What is Ffranc's job?

ATEBION

1. **Mae hi'n paratoi ei chawl pysgod arbennig.**
   She's preparing her special fish soup.
2. **Mae hi'n dod o'r Eidal.**
   She comes from Italy.
3. **Mae hi'n newid i grys-t a jîns.**
   She changes [in]to a t-shirt and jeans.
4. **Ffranc sy'n cnocio ar y drws.**
   [It's] Ffranc [who] knocks on the door.
5. **Mae Ffranc yn helpu pobl i ffeindio swydd.**
   Ffranc helps people to find a job.

28

PERFFAITH AM Y SWYDD

Mae Mabon mewn siop hufen iâ. Mae o'n siarad gyda pherchennog y siop, Geraint.

Mabon   Ga' i hufen iâ siocled? O, a ga' i roi fy CV i chi hefyd?

Geraint   **Hmmm, faint ydy dy oed di?**

Mabon   Dw i'n ddigon hen i wybod bod eich hufen iâ siocled angen mwy o siwgr. Chi ydy'r perchennog?

Geraint   **Ie, dyna fi.**

Mabon   Mabon 'dw i. Gwrandewch, tasech chi'n rhoi swydd i fi, mi fedrwn i helpu chi ennill[1] llawer mwy o bres.

Geraint   **Ond 'mond plentyn wyt ti.**

Mabon   Dyna pam mod i'n berffaith am y swydd.

Geraint   **Dim diolch, Mabon.**

Nes ymlaen, mae Mabon yn bwyta'i hufen iâ tu allan i'r siop.

Mae teulu'n pasio ac yn gweld Mabon.

Mabon   Dyma'r hufen iâ gorau erioed!

Merch   Plîs, Dadi, ga' i hufen iâ hefyd?

Mae'r teulu'n mynd yn y siop.

Tad   Gawn ni bedwar hufen iâ siocled fel sy' gan y dyn ifanc tu allan, plîs? Mae'n edrych yn flasus iawn!

Geraint   Wrth gwrs!

Mae'r teulu'n gadael y siop yn hapus eu byd[2].

Geraint   Mabon, roedd hwnna'n syniad gwych! Ond dw i dal ddim yn medru rhoi swydd i ti... achos... 'dwyt ti 'mond yn blentyn.

Mabon   'Sdim ots[3]. Mi fedrwch chi dalu fi mewn hufen iâ!

Owner	berchennog
To earn lots more	ennill llawer mwy o
May we have...?	gawn ni
Completely happy	hapus eu byd
It doesn't matter	Dim ots

NODIADAU GRAMADEGOL | *Grammatical Notes*

1. **ENNILL** means *'to win'* in Welsh, but sporting contests and prizes aren't the only things you can **ENNILL**. Where English would say *'to earn,'* Welsh sticks with **ENNILL**;

   - **FAINT WYT TI'N <u>ENNILL</u> YNA?**
     = *How much do you <u>earn</u> there?*
   - **FYDDI DI'N <u>ENNILL</u> MWY YN Y SWYDD NEWYDD?**
     = *Will you be <u>earning</u> more in the new job?*

   In other news regarding **ENNILL**, when conjugating it loses an **N**. Keep your eyes peeled in these examples;

   - **E<u>N</u>ILLON NHW BANNAS** = *They won [some] parsnips*
   - **E<u>N</u>ILLAI HI DDIM BYD** = *She wouldn't win anything*
   - **E<u>N</u>ILLA' I LAWER O ARIAN** = *I'll earn lots of money*

2. **HAPUS EU BYD** is such a lovely phrase... it just makes me **HAPUS FY MYD**! Translating as *'happy [one's] world,'* this little gem is commonly used to suggest ultimate happiness. It personalises as follows;

   - **DW I'N <u>HAPUS FY MYD</u>** = *I'm <u>really happy</u>*
   - **OEDDET TI'N <u>HAPUS DY FYD</u>?** = *Were you <u>really happy</u>?*
   - **BYDD O/E'N <u>HAPUS EI FYD</u>** = *He'll be <u>really happy</u>*
   - **YDY HI'N <u>HAPUS EI BYD</u>?** = *Is she <u>really happy</u>?*
   - **ROEDDEN NI'N <u>HAPUS EIN BYD</u>** = *We were <u>really happy</u>*
   - **'DYCH CHI'N <u>HAPUS EICH BYD</u>?** = *Are you <u>really happy</u>?*
   - **MAEN NHW'N <u>HAPUS EU BYD</u>** = *They're <u>really happy</u>*

3. **DOES DIM OTS** – or sometimes simply **'SDIM OTS** – equates to *'it doesn't matter.'* It's similar to how English might use *'it makes no odds [to me].'* It's linked with **GAN** as follows;

   - **'SDIM OTS GEN' I** = *I don't care, it doesn't matter to me*
   - **OES OTS GEN' TI?** = *Do you care?, does it matter to you?*

CWESTIYNAU

1. **Pa flas hufen iâ mae Mabon eisiau?**
   Which flavour ice cream does Mabon want?
2. **Beth mae Mabon eisiau yn ogystal?**
   What does Mabon want additionally?
3. **Pam na all Geraint roi swydd i Mabon?**
   Why can't Geraint give a job to Mabon?
4. **Sawl hufen iâ mae'r teulu yn prynu?**
   How many ice creams does the family buy?
5. **Sut mae Mabon eisiau cael ei dalu?**
   How does Mabon want to be/get paid?

ATEBION

1. **Mae Mabon eisiau hufen iâ siocled.**
   Mabon wants a chocolate ice cream.
2. **Mae Mabon eisiau rhoi'i CV i Geraint.**
   Mabon wants to give his CV to Geraint.
3. **Achos mae Mabon yn rhy ifanc.**
   Because Mabon is too young.
4. **Mae'r teulu'n prynu pedwar hufen iâ.**
   The family buys four ice creams.
5. **Mae o eisiau cael ei dalu mewn hufen iâ.**
   He wants to be paid in ice cream.

29

Y RADD ORAU

Mae Alaw ac Anwen newydd adael eu dosbarth hanes. Mae gan Anwen ganlyniadau ei phrawf[1] yn ei llaw hi.

Anwen	**Mi wnes i un camgymeriad[2]!**
Alaw	Dim ond un... allan o bum deg cwestiwn? Llongyfarchiadau!
Anwen	**Dydy hwnna ddim yn ddigon da. Fydda' i byth yn cael mynd i'r prifysgol orau os dw i ddim yn cael graddau perffaith!**
Alaw	Ond mae gen ti'r radd orau yn y dosbarth. 'Sdim rhaid i ti fod yn berffaith.
Anwen	**Oes! Ella mi fedra' i 'neud gwaith cartref ychwanegol[3]...**
Alaw	Dw i'm yn dallt pam t'isio gweithio mwy. Dw i wastad yn trïo gweithio'n llai, dim mwy.
Anwen	**Dw i angen marciau llawn.**
Alaw	Tasai mor bwysig i ti â hwnna, mi fedret ti siarad efo Mr Davies.

Anwen	Syniad da!
	Mae Anwen yn mynd i siarad gyda Mr Davies. Nes ymlaen, mae Anwen yn cwrdd ag Alaw am ginio.
Anwen	Mae gen i newyddion da!
Alaw	Mi fedri di ail-'neud y prawf[1]?
Anwen	Na fedra', ond mi fedra' i gael marciau gwell[4].
Alaw	Sut?
Anwen	Rhaid i fi 'neud cyflwyniad ar Owain Glyndŵr erbyn dydd Gwener.
Alaw	Mae hwnna'n ormod o waith. Sut ti'n mynd i 'neud hwnna i gyd ar ben dy hun?
Anwen	Fydda' i ddim ar ben fy hun... Ti'n mynd i helpu fi.
Alaw	Be'?
Anwen	Sori... ond syniad ti oedd hyn.

One mistake	un camsymeriad
Perfect grades	gradiau perffaith
Additional	ychwanegol
To re-do	ail-'neud
Too much work	gormod o waith

NODIADAU GRAMADEGOL | *Grammatical Notes*

1. **PRAWF** – in this instance – means *'a test,'* but it's also used to mean *'proof.'* It's seen in such terms as;
   - **PROFI** = *to prove, to test*
   - **PROFIAD** = *an experience*
   - **PROFION** = *tests*
   - **ARBRAWF** = *a trial, an experiment*
   - **ARBROFOL** = *experimental*

2. **CAM-** is often used in Welsh where English might use the prefix *'mis(s)-.'* Examples including **CAM-** include; **CAMGYMERIAD** (= *a mistake*), **CAMYMDDWYN** (= *to misbehave*), and **CAMDDEALL** (= *to misunderstand*).
   CAM itself is also the word for *'a step.'* **CAMU** means *'to step.'*

3. **YCHWANEGOL** means *'additional'* or *'extra,'* but don't be surprised to encounter **ESCTRA** on your journey too. **YCHWANEGU** is the verb *'to add,'* and **'CHWANEG** – although not a standard term – is used in some dialects to suggest *'an additional amount [of something]'*.

4. Comparing adjectives is either done by adding endings such as **-ED**, **-ACH**, and **-AF**, or using **MOR**, **MWY**, and **MWYAF**. Just as in most languages, Welsh has exceptions. *'Good'* and *'bad'* are two of such, and examples below show how they compare;
   - **DA** = *good*
     - **CYSTAL [Â/AG]** = *as good [as]*
     - **GWELL [NA/NAG]** = *better [than]*
     - **[Y] GORAU** = *[the] best*
   - **DRWG** = *bad*
     - **CYNDDRWG [Â/AG]** = *as bad [as]*
     - **GWAETH [NA/NAG]** = *worse [than]*
     - **[Y] GWAETHAF** = *[the] worst*

CWESTIYNAU

1. **Pa wers mae Anwen ac Alaw newydd gael?**
   Which lesson have Anwen and Alaw just had?
2. **Pa sgôr gafodd Anwen ar y prawf?**
   What score did Anwen get on the test?
3. **Ydy Anwen yn hapus gyda'r sgôr?**
   Was Anwen happy with the score?
4. **Ar bwy fydd Anwen yn gwneud cyflwyniad?**
   On whom will Anwen be doing a presentation?
5. **Pryd bydd hi'n gwneud y cyflwyniad?**
   When will she be doing the presentation?

ATEBION

1. **Maen nhw newydd gael gwers hanes.**
   They've just had a history lesson.
2. **Cafodd Anwen bedwar deg naw ar y prawf.**
   Anwen got forty-nine on the test.
3. **Nac ydy, dydy hi ddim yn hapus gyda'r sgôr.**
   No, she is not happy with the score.
4. **Bydd y cyflwyniad ar Owain Glyndŵr.**
   The presentation will be on Owain Glyndŵr.
5. **Bydd hi'n ei wneud ddydd Gwener.**
   She'll be doing it [on] Friday.

30

BWYD ERS NEITHIWR[1]

Mae Sioned newydd gyrraedd tŷ ei ffrind, Elan.

Sioned S'mai, Elan! Wyt ti'n barod?

Elan Na'dw! Dw i methu ffeindio ffôn fi!

Sioned Lle wnest ti iwsio fo ddiwetha'?

Elan Mi ges i ginio yn nhŷ rhywun neithiwr[1]... O, na!

Sioned Be?

Elan Roedd o'n brofiad ofnadwy. Ro'n i'n rili licio'r hogyn 'ma, ond mi wnes i dorri ei hoff lamp o!

Sioned O, diar...

Elan Ac wedyn, mi wnes i arllwys gwin coch ar ei soffa[2] gwyn newydd! Ro'n i'n teimlo mor ddrwg. Felly, mi ddudes i wrtho fo mod i angen mynd i'r toiled ac mi wnes i ddianc trwy ffenest' y 'stafell 'molchi. Dw i'n meddwl wnes i adael ffôn fi yna.

Sioned	**Wnest ti ddim hyd yn oed d'eud 'hwyl fawr' wrtho fo?**
Elan	Naddo...
Sioned	**Lle mae o'n byw?**
Elan	Ochr arall y dre, ddim yn bell o'r siop.
Sioned	**Awn ni, felly!**
	Mae Elan yn cyrraedd ac yn cnocio ar y drws. Mae'r hogyn yn ei agor.
Hogyn	**Mi ddest ti 'nôl! Mi wnest ti ddianc trwy'r ffenest' felly do'n i ddim yn meddwl 'swn i'n gweld ti eto.**
Elan	Yrm... s'mai! 'Sgen ti ffôn fi?
Hogyn	**Oes, yn fan hyn!**
	Mae Elan yn cymryd ei ffôn hi.
Elan	Felly, ti'n meddwl basen ni'n medru gweld ein gilydd eto'n fuan[3]?
Hogyn	**Basen, siŵr... ond ddim yn tŷ fi!**

Can't find	methu ffeindio
His new white sofa	ei soffa gwyn newydd
Not far from	ddim yn bell o
To knock	cnocio
To see eachother	gweld ein gilydd

NODIADAU GRAMADEGOL | *Grammatical Notes*

1. **NEITHIWR** was always a cool term for me because I loved how Welsh had its own term for *'last night'* – although I did hear someone say **NOS DDOE** once!

   NEITHIWR – or **NEITHIWYR** as it appears in more archaic circumstances and probably encompassing the term **HWYR** (= *late*) – isn't the only time we use a single word for adverbs of time. Check these belters out;

   - **ECHDOE** (also **ECHDDOE**) = *the day before yesterday**
   - **ECHNOS** = *the night before last*
   - **ELENI** = *this year*
   - **LLYNEDD** = *last year*
   - **PEUNYDD** = *every day, daily* (obsolete)
   - **TRADWY** = *two days after tomorrow*
   - **TRANNOETH** = *the next day, the morrow*
   - **TRENNYDD** = *two days later, in two days' time***

2. Welsh seems to have been happy enough rendering *'a sofa'* as **SOFFA**, but let's spare a thought for the Cornish language that prefers *GWELI-JYDH* (literally, *'a bed for daytime'*). Learn Cornish!... once you're done with Cymraeg, of course.

3. **BUAN** likely derives from Old Breton **BUENION** which was glossed as *concitis* (= *concise*) in Latin. Nowadays, it's Welsh word in its own right meaning *'swift,' 'prompt,'* or *'sudden.'* **YN FUAN** (the adverb for *'swiftly'* etc) means *'soon'* and is another way of expressing **CYN BO HIR** (= *before (too) long*).

* *ereyesterday* ** *overmorrow*

CWESTIYNAU

1. **Beth mae Elan wedi'i golli?**
   What has Elan lost?
2. **Ble cafodd hi fwyd neithiwr?**
   Where did she have food last night?
3. **Beth wnaeth Elan dorri?**
   What did Elan break?
4. **Trwy beth wnaeth Elan ddianc?**
   Through what did Elan escape?
5. **Fasai'r hogyn yn fodlon gweld Elan eto?**
   Would the lad be happy to see Elan again?

ATEBION

1. **Mae hi wedi colli'i ffôn hi.**
   She's lost her phone.
2. **Cafodd hi fwyd yn nhŷ hogyn.**
   She had food in a lad's house.
3. **Gwnaeth Elan dorri hoff lamp yr hogyn.**
   Elan broke the lad's favourite lamp.
4. **Gwnaeth hi ddianc trwy'r ffenestr.**
   She escaped through the window.
5. **Basai, ond ddim yn ei dŷ.**
   He would be, but not in his house.

31

YDY O'N FFONIO FI?

Mae Alaw ac Anwen yn gwrando ar gerddoriaeth yn llofft[1] Anwen.

Alaw	'Fory mae parti Rhys?
Anwen	Ie. Dw i'n gobeithio bydd o'n gwahodd fi. Mae o'n bishyn[2] iawn!
Alaw	Pishyn[1]? Dw i ddim yn meddwl...
Anwen	Wyt ti o ddifri'? Fo ydy hogyn fy mreuddwydion!
Alaw	Anwen, stopia!
Anwen	Mae o mor ddel ag[3] awyr serennog. Mi faswn i'n medru treulio oriau'n edrych arno fo...
Alaw	Stopia, wnei di? Plîs!
Anwen	Ei barti o fydd parti gorau'r flwyddyn. Mae 'na grŵp roc yn chwarae'n fyw yn ei ardd!
Alaw	Band byw? Ych a fi!
Anwen	Mae pob band byw'n dda, Alaw. Wnei di ddod i'r parti efo fi, plîs?
Alaw	Dw i ddim yn gw'bod...

Anwen	Ond dw i methu mynd yna ar ben fy hun!
Alaw	Hmmm. Ella.
	Mae ffôn Anwen yn canu.
Anwen	Rhys sy' 'na!
	Ond pam mae o'n ffonio fi?
	Mae'r ffôn yn parhau i ganu.
Alaw	Ti ddim yn mynd i ateb o?
Anwen	Na'dw!
Alaw	Pam?
Anwen	Pwy sy'n ffonio pobl dyddiau 'ma?
Alaw	Mae hwnna'n wir.
Anwen	Os ydy o isio siarad efo fi, mi geith[4] o anfon neges ata' i.
Alaw	Wyt ti dal isio mynd i'w barti o?
Anwen	Na'dw! Dw i'm yn licio fo dim mwy.

Anwen's bedroom	llofft Anwen
Are you serious?	wyt ti ddifri
Playing live	chware'n fyw
To continue	parhau
To send a message	anfon neges

NODIADAU GRAMADEGOL | *Grammatical Notes*

1. **LLOFFT** looks a tad like '*loft*' in English, and that's likely where we go the term in Welsh. However, in northern dialects it's used in place of **YSTAFELL WELY** (= *bedroom*).

2. **PISHYN** is another term borrowed from English; this time, '*a piece*' or '*a scrap.*' It can be used instead of **DARN** (= *a piece/part [of]*), but it's commonly used also to describe someone – generally a male – as '*cute*' or '*good-looking*' e.g., **MAE O'N BISHYN** = *He's cute.*

3. Although it looks like '*more,*' **MOR** equates to '*so*'; <u>MOR</u> **HYFRYD** = <u>so</u> *lovely,* <u>MOR</u> **FAWR** = <u>so</u> *big.* **MWY** = *more, bigger.*
   When coupled with **Â** or **AG** – depending on whether the next term is a vowel or not – we form the phrase '*as ___ as*'; **MOR DDU Â GLO** (= *as black as coal*), **MOR UCHEL Â MYNYDD** (= *as high as a mountain*), **MOR GOCH AG AFAL** (= *as red as an apple*). Another way of forming this way of comparing is done by using **CYN** and adding **-ED** to the adjective. This one seems to be becoming increasingly rarer in speech, but it still persists in terms like <u>CYN</u> **BELL<u>ED</u> Â** = *as far as, insofar as* where **PELL** means '*far.*'

4. As Duolingo tends to prefer more southern constructions in its wonderful teaching, you're more likely to encounter **CAIFF** rather than **CEITH**. Both deriving from **CAEL**, (= *to have, to get (to)*), this pair are interchangeable versions of... wait for it... the concise third person singular present/future tense;
   - **CAIFF/CEITH PAWB DDOD** = *Everyone may come*
   - **GAIFF/GEITH HI GACEN?** = *May/Will she have cake?*
   - **CHAIFF/CHEITH NEB FYND** = *No one may go*
   - **CAIFF/CEITH SIOP EI HAGOR** = *A shop will be/get opened*

CWESTIYNAU

1. **Pryd mae parti Rhys?**
   When is Rhys's party?
2. **Beth mae Anwen yn feddwl o Rhys?**
   What does Anwen think of Rhys?
3. **Pwy sy'n chwarae yng ngardd Rhys?**
   Who is playing in Rhys's garden?
4. **Gan bwy mae Anwen yn cael galwad ffôn?**
   From whom does Anwen get a phone call?
5. **Ydy hi'n ateb y ffôn?**
   Does she answer the phone?

ATEBION

1. **Yfory mae parti Rhys.**
   Tomorrow is Rhys's party.
2. **Mae hi'n meddwl ei fod o'n "bishyn".**
   She thinks [that] he's "cute".
3. **Mae band byw'n chwarae yng ngardd Rhys.**
   There's a live band playing in Rhys's garden.
4. **Mae Anwen yn cael galwad ffôn gan Rhys.**
   Anwen gets a phone call from Rhys.
5. **Nac ydy. Basai'n well ganddi hi gael neges.**
   No. She'd rather get a message.

32

Y CWESTIWN DIOGELWCH

Mae Megan ac Alun yn cerdded ar y stryd. Maen nhw'n cerdded yn gyflym iawn.

Megan   Dw i mor hapus bod ni'n cael gweld y sioe 'ma!

Alun   'Sgen ti'r ticedi?

Megan   O, nac oes.

Mae Megan yn stopio ac yn edrych yn ei bag.

Megan   Dw i wedi anghofio nhw yn y tŷ.

Alun   Na! 'Sgynnon ni ddim amser i fynd i nôl nhw bellach!

Megan   Dw i mor sori... Ac dw i wedi bod yn aros am fisoedd i weld y sioe!

Alun   Aros funud! Dw i'n meddwl bod gen i'r ticedi ar ffôn fi! Hmmm, mae'n gofyn i fi logio mewn[1] ond dw i 'di anghofio'r cyfrinair[2]. Rhaid i fi ateb cwestiwn diogelwch, ond...

Megan   Be'?

Alun   Y cwestiwn ydy: "Beth yw dyddiad geni eich brawd?"

Megan   A?

Alun	Dw i 'di anghofio.
Megan	Ti wedi anghofio dyddiad geni dy frawd di?
Alun	Dw i mor sâl yn cofio dyddiadau.
Megan	Ffonia dy frawd!
Alun	Ond wedyn mi fydd o'n gw'bod mod i 'di anghofio ei ddyddiad geni!
Megan	Wyt *ti* wedi anghofio hefyd faint oedd y ticedi'n costio?
Alun	Pwynt da. Iawn, mi wna' i ffonio. **Mae Alun yn ffonio'i frawd ac yn gofyn am ei ddyddiad geni.**
Alun	Megan, mae gen i'r ticedi.
Megan	Gwych! Mi fedrwn ni fynd i weld y sioe 'ma rŵan!
Alun	Yrm... mae 'na un broblem. Mae'r ticedi 'ma ar gyfer neithiwr.
Megan	Be'?!
Alun	Dudes i mod i'n sâl[3] efo dyddiadau, do?

Quickly	yn gyflym
I've been waiting	wedi bod yn aros
Date of birth	dyddiad
I'll phone	wna i ffonio
Last night	neithiwr

NODIADAU GRAMADEGOL | *Grammatical Notes*

1. Once again, I must request your understanding – and, indeed, your forgiveness – for using such a lazy term for '*to log in*' as **LOGIO MEWN**. We, of course, have a Welsh term for the act of signing into something; **MEWNGOFNODI**. By the way, I didn't just choose to say **LOGIO MEWN** to be awkward, it's actually something I hear quite a lot.

   The term is built from **MEWN** (= *in, inside*) and **COFNODI** (= *to record* or *to enter [information]*). **COFNODI** itself derives from **COF** (= *memory*) and **NODI** (= *to note, to make note [of]*).

2. **CYFRINAIR** (= *a password*) is another term that has really interesting morphology. **CYFRINACH** is '*a secret*,' and **GAIR** is '*a word*.' Essentially, **CYFRINAIR** translates literally as '*a secret word*,' which is exactly what a *password* is... or, at least, should be!

3. You've likely encountered **SÂL** to mean '*sick*' or '*ill*.' Whereas this is totally correct and by far the most common use of **SÂL**, it can also be used in Welsh to suggest '*poor [of form]*.' **ROEDD Y GÊM YN <u>SÂL</u> NEITHIWR** = *The game/match was <u>poor [of form]</u> last night*.

   TLAWD is the term for being '*poor [of wealth]*.' I have zero idea of how I'd express a modern phrase like '*that's sick!*' to suggest that something is, somehow, positive! Soz, kids!

CWESTIYNAU

1. **Ydy Megan ac Alun yn cerdded yn gyflym?**
   Are Megan and Alun walking quickly?
2. **Pwy oedd i fod i gael y tocynnau?**
   Who was supposed to have the tickets?
3. **Fyddan nhw'n mynd 'nôl i nôl y tocynnau?**
   Will they be going back to fetch the tickets?
4. **Pryd mae pen-blwydd brawd Alun?**
   When is Alun's brother's birthday?
5. **Beth oedd yn bod gyda'r tocynnau?**
   What was the matter with the tickets?

ATEBION

1. **Ydyn, maen nhw'n cerdded yn gyflym iawn.**
   Yes, they're walking very quickly.
2. **Megan oedd i fod i gael y tocynnau.**
   Megan was supposed to have the tickets.
3. **Na fyddan achos mae'n rhy hwyr bellach.**
   No, they won't, because it's too late now.
4. **Dydyn ni ddim yn cael gwybod ei ben-blwydd.**
   We don't get to know his birthday.
5. **Tocynnau ar gyfer neithiwr oedden nhw.**
   They were tickets for last night.

33

GWEITHIO O ADRE'

Mae Elan mewn cyfarfod fideo gyda'i bòs, Enfys.

Enfys Diolch am gytuno i weithio o adre' tra[1] bod ni'n trwsio'r swyddfa.

Elan Dim problem o gwbl!

Enfys Ond mae gen i newyddion da! Mi fedrwn ni ddychwelyd i'r swyddfa ar ddydd Llun!

Elan Dydd Llun?

Enfys Ie! Newyddion da, 'dydy?

Elan Dw i jyst yn... licio gweithio o adre'.

Mae person mewn bicini yn cerdded tu ôl i Elan.

Enfys Person mewn bicini sy' newydd basio? Ond 'dych chi ddim yn byw ger y môr...

Elan Gwych, diolch am y sgwrs, Enfys. Mi wela' i chi ddydd Llun!

Mae Enfys yn gweld yr haul yn codi tu allan i ffenestr tu ôl i Elan.

Enfys	Arhoswch funud... sut mae'r haul yn codi? Mae hi'n un ar ddeg o'r gloch y bore[2]! 'Dych chi ddim yn gweithio o adre' o gwbl, na'dych?
Elan	Iawn. Dw i'n gweithio mewn tŷ...

Mae gwylan yn hedfan i mewn trwy'r ffenestr ac yn eistedd ar ddesg Elan.

Elan	Tŷ fy modryb... ar ynys hyfryd. Ond mae wifi ar draws[3] yr ynys! 'Dych chi'n flin efo fi?
Enfys	A d'eud y gwir, dydy lle 'dych chi ddim yn bwysig.
Elan	O, gwych!
Enfys	Ond mae'n rhaid i chi ddychwelyd i'r swyddfa bore Llun.

We can return	fedrwn ni ddychwelyd
Near the sea	ger y Môr
Wait a minute!	arhoswch funud
To fly	hedfan
Are you angry?	dych chi'n flin efo fi?

NODIADAU GRAMADEGOL | *Grammatical Notes*

1. The two ways of expressing '*while*' or '*whilst*' in Welsh are **TRA** and **WRTH [I]**. The only real difference I can make out is that **TRA** tends to link with terms deriving from **BOD** (= *to be*), such as **DW I'N** (= *I am*), **RO'N I'N** (= *I was*), **BASWN I'N** (= *I would be*), **BYDDA' I'N** (= *I will be*). **WRTH [I]** links up, first and foremost, with personal pronouns like **FI** (= *me*) and **TI** = *you*), etc.

   The other thing to note when using **WRTH** in this manner is that it suggests both the present and perfect tenses; i.e., *while ___ is* and *while ___ was*. This also happens with **CYN [I]** (= *before*) and **AR ÔL [I]** (= *after*);

   - **TRA RO'N I'N SIARAD** = <u>*while*</u> *I was speaking*
   - **WRTH I FI SIARAD** = <u>*while*</u> *I speak / was speaking*
   - **TRA['N] BOD NI'N MYND** = <u>*whilst*</u> *we're going*
   - **WRTH I NI FYND** = <u>*whilst*</u> *we are/were going*

2. As a learner, I'll probably always say **YN Y BORE** for '*in the morning,*' no matter the circumstance. For those not content with sounding like a learner for the entirety of your Welsh-speaking life, simply using **Y BORE** can be enough;

   - **TAN WYTH <u>Y BORE</u>** = *until eight <u>[in] the morning</u>*
   - **O SAITH <u>Y P'NAWN</u>** = *from seven <u>[in] the afternoon</u>*

3. **AR DRAWS** means '*across,*' but we can also express it as **DROS**. Both terms originate from **TRAWS** and **TROS** respectively and were, at one point, one and the same word. I tend to reserve **DROS** for '*over,*' rather than '*across.*'

CWESTIYNAU

1. **Pam nad ydy Elan yn y swyddfa?**
   Why isn't Elan in the office?
2. **Pryd mae hi'n cael dychwelyd i'r gwaith?**
   When is she allowed to return to work?
3. **Beth mae'r person sy'n pasio'n gwisgo?**
   What's the person who passes wearing?
4. **Ble mae Elan yn gweithio ar hyn o bryd?**
   Where is Elan working at the moment?
5. **Allai Elan aros i weithio ar yr ynys?**
   Could Elan stay to work on the island?

ATEBION

1. **Achos mae'n cael ei thrwsio.**
   Because it's being/getting repaired.
2. **Mae hi'n cael dychwelyd ddydd Llun.**
   She's allowed to return [on] Monday.
3. **Mae hi'n gwisgo bicini.**
   She's wearing a bikini.
4. **Mae hi'n gweithio o dŷ'i modryb.**
   She's working from her auntie's house.
5. **Na allai. Mae'n rhaid iddi ddychwelyd.**
   No, she couldn't. She has to return.

34

GRAFFITI

Mae Alaw yn yr ysgol yn nosbarth Mr Griffiths. Mae'i llyfr gwaith ar agor o'i blaen hi[1].

Mr G.   Alaw! Paid â gwneud graffiti yn dy lyfr gwaith!

Alaw   Be'? Dw i ddim yn 'neud graffiti yn fy llyfr.

Mae Mr Griffiths yn dangos llun o ddyn ar dudalen yn llyfr Alaw. Wrth ochr y llun mae'n dweud "Mr Griffiths".

Mr G.   Ydy hwnna'n llun ohona' i efo trwyn mawr?

Alaw   Yndw, ond dim fi wnaeth o.

Mr G.   Dw i ddim yn dy gredu di.

Alaw   Dw i'n arlunydd llawer gwell na'r person wnaeth y llun 'na. Sbïwch.

Mae Alaw'n mynd at y bwrdd gwyn ac yn dechrau tynnu llun o Mr Griffiths.

Alaw	Mae'n wir... mae'ch trwyn chi'n fawr iawn, ond mae'ch clustiau'n fawr hefyd. Dyna oedd y broblem efo'r llun arall. Doedd eich clustiau chi ddim cweit digon mawr.

Mae Alaw'n parhau efo'r llun.

Alaw	Ac doedd eich barf chi ddim yn ddigon hir.

Mae'r myfyrwyr eraill yn dechrau chwerthin[2].

Mr G.	Dw i'm yn edrych dim byd fel 'na!
Alaw	Mi ydych chi! 'Dych chi'n edrych yn fwy fel hyn na'r llun arall.
Mr G.	Iawn, ella dim ti oedd yr un wnaeth y graffiti yn dy lyfr. Ond rŵan, *ti* fydd yr un sy'n mynd i weld y pennaeth.

In front of her	o'i blaen hi
A big nose	trwyn mawr
The other picture	y llun arall
Other students	myfyrwyr eraill
In your book	yn dy lyfr

NODIADAU GRAMADEGOL | *Grammatical Notes*

1. Terms starting with **O** (= *of, from*) work in cool ways when personalising them with pronouns;
   - **O FLAEN** = *in front of, before*
     - **O'I BLAEN [HI]** = *in front of her*
     - **O'CH BLAEN [CHI]** = *in front of you*
   - **OHERWYDD** = *because*
     - **O'U HERWYDD [NHW]** = *because of them*
     - **O'M HERWYDD [I]** = *because of me*
2. I had to raise this point about **CHWERTHIN** (= *to laugh*) for the simple reason that its stem – the piece of the word we use to add endings – is **CHWARDD-**; **CHWARDDAIS I** = *I laughed*, for example. **CHWARDDIAD** is also the term for '*a laugh*,' but don't be surprised to hear stuff like **WYT TI'N CAEL LAFF?** (= *are you having a laugh?*) when something incredulous happens.

   If you're looking for a term for '*to laugh out loud*,' look no further than **CHWERTHIN NERTH FY MHEN** (literally, *to laugh at the strength of my head*). You'll kind of have to write **ChNFM** when texting too, because **LOL** is already the Welsh word for '*nonsense*'; **TI'N SIARAD LOL!** = *you're talking nonsense!*

   In other news, when *laughing* at someone or something, we use **AM BEN** (literally, *about/on the head [of]*);
   - **CHWERTHIN AM FY MHEN** = *laughing at me*
   - **CHWERTHIN AR DY BEN** = *laughing at you*

CWESTIYNAU

1. **Beth mae Mr Griffiths yn gweld yn y llyfr?**
   What does Mr Griffiths see in the book?
2. **Beth sy'n ddoniol am y llun?**
   What's funny about the picture?
3. **Ar beth mae Alaw'n tynnu llun?**
   On[to] what does Alaw draw a picture?
4. **Beth mae'r myfyrwyr eraill yn ei wneud?**
   What do the other students do?
5. **I ble bydd Alaw'n mynd 'nawr?**
   To where will Alaw be going now?

ATEBION

1. **Mae Mr Griffiths yn gweld graffiti ynddo.**
   Mr Griffiths sees [some] graffiti in it.
2. **Mae gan Mr Griffiths drwyn mawr yn y llun.**
   Mr Griffiths has [got] a big nose in the picture.
3. **Mae hi'n tynnu llun ar y bwrdd gwyn.**
   She draws a picture on the white board.
4. **Maen nhw'n dechrau chwerthin.**
   They start to laugh.
5. **Bydd hi'n mynd at bennaeth yr ysgol.**
   She'll be going to the school's headteacher.

35

YR AMSER IAWN

Mae Sioned ac Elan mewn siop ddillad.

Elan   Awn ni am bitsa rŵan?

Sioned Dw i methu, sori. Dw i'n mynd am fwyd efo Eurwen.

split up

Elan   Ro'n i'n meddwl wnest ti wahanu efo hi ar Nos Galan...

Sioned Ro'n i'n mynd i 'neud, ond roedd ei phen-blwydd hi 'mond yn bythefnos[1] wedyn.

Elan   Iawn, ond 'dyn ni ym mis Ebrill bellach!

Sioned Dw i'n gw'bod, ond mi wnaethon ni blanio mynd ar wyliau yn yr haf! **Mae Sioned ac Elan yn aros yn y ciw i fynd i'r ystafelloedd newid.**

Elan   Pam ti heb 'neud eto, felly?

Sioned Dw i'n aros am yr amser iawn. Mae'i mam hi'n dod i weld ni penwsos[2] 'ma.

Elan	A'r wsos^2 nesa'?
Sioned	Wsos^2 nesa' 'dyn ni'n mynd i weld ei chyfnither hi ar Ynys Môn! Dw i methu gwahanu efo hi yn ystod ei gwyliau.
Elan	Ond pryd ti'n mynd i 'neud, 'te?
Sioned	Dw i 'di d'eud yn barod... dw i'n aros am yr amser iawn!

Yn sydyn, mae drws yr ystafell newid yn agor. Mae Eurwen yn sefyll tu allan.

Sioned	Eurwen!
Eurwen	Rŵan ydy'r amser iawn.
Sioned	Ond... be' am Ynys Môn?

I thought	ro'n i'n meddwl
A fortnight later	yn bythefnos wedyn
We planned	wnaethon ni blanio
I've said already	dw i 'di d'eud yn barod
Standing outside	yn sefyll tu allan

NODIADAU GRAMADEGOL | *Grammatical Notes*

1. **PYTHEFNOS** is 'a fortnight' and comes from **PYMTHEG + NOS[ON]** (= *fifteen nights*). Similarly, **WYTHNOS** (= *a week*) comes from **WYTH + NOS[ON]**, literally '*eight nights.*'

   This is because the ancient Celts (and Gauls) counted their weeks and fortnights as including both the first and last evening (or night) as a part of the time, meaning that the final night represented both the terminal night of the previous week or fortnight, as well as the first night of the new week or fortnight. Bloomin' 'eck, I hope all that makes sense!

   There's a decent chance you already know that '*fortnight*' derives from '*fourteen nights*' in English, but you may not have known that an archaic term for a '*week*' in English was '*sennight*' from, you guessed it, *seven nights*.

2. Speaking of **WYTHNOS**, there are a few ways people pronounce (and sometimes spell) this word that definitely caught me out when I first started using my Welsh in the wild. These include; **WSOS, WTHNOS, WITHNOS, WSNOTH, WSOTH, WTHOS**. Yep, these are all real. I've probably missed a few too!

   Also, adding **PEN-** (= *top/end of*) to **WYTHNOS** yields **PENWYTHNOS** (= *weekend*). This can also be done with any of the strange terms above, such as **PENWSOS** – as seen in this story.

CWESTIYNAU

6. **Ble mae Elan eisiau mynd nesaf?**
   Where does Elan want to go next?
7. **Ers pryd mae Sioned eisiau wahanu?**
   Since when has Sioned wanted to split [up]?
8. **Pwy sy'n dod i'w gweld ar y penwythnos?**
   Who's coming to see them on the weekend?
9. **Ble eith Sioned ac Eurwen ar wyliau?**
   Where will Sioned and Eurwen go on holiday?
10. **Pwy oedd yn aros tu allan i'r ystafell newid?**
    Who was waiting outside the changing room?

ATEBION

6. **Mae hi eisiau mynd am bitsa.**
   She wants to go for a pizza.
7. **Mae hi eisiau gwahanu ers bedwar mis.**
   She's wanted to split [up] for four months.
8. **Mam Eurwen sy'n dod i'w gweld.**
   [It's] Eurwen's mam [who] is coming to see them.
9. **Ân' nhw ar wyliau i Ynys Môn.**
   They'll go on holiday to Ynys Môn/Anglesey.
10. **Eurwen oedd yn aros tu allan.**
    [It was] Eurwen [who] was waiting outside.

36

Y POPTY[1]

Mae Alun yn ymweld â Phopty Gwyn a Delyth.

Gwyn Mae llawer o bobl wedi dangos diddordeb yn ein popty, ond rhaid i ni werthu o am y pris iawn.

Delyth Oes, achos 'dyn ni'n cael ysgariad[2].

Alun O, na! Dw i'n sori i glywed hwnna.

Gwyn Delyth, 'sdim rhaid i ti dd'eud hwnna wrth bawb!

Delyth Ond 'dyn ni'n cael ysgariad[2], dydyn?

Alun Yrm... iawn, fi ydy'r person gorau i brynu'ch popty[1]. Mi wna' i edrych ar ôl o'n dda iawn. Waw! Mae'r ffwrn yna'n enfawr!

Gwyn Yndi. 'Dyn ni wedi pobi sawl cacen neis iawn yn y ffwrn 'na.

Alun Dw i wedi blasu'ch cacennau chi. Maen nhw'n flasus dros ben! Wnaethoch chi iwsio'r cymysgydd yna i'w 'neud nhw?

Gwyn	Do. Mi wnes i ddefnyddio fo i 'neud hoff darten Delyth hefyd.
Delyth	Efo rysáit fy nain...
Alun	'Dych chi'n 'neud tîm da.
Gwyn	Yndyn.
Delyth	Dw i 'di newid fy meddwl...
Gwyn	Delyth, ga' i siarad efo ti'n breifat?
	Mae Delyth a Gwyn yn gadael ac yn dychwelyd pum munud wedyn.
Delyth	Alun, mae Gwyn a fi wedi 'neud penderfyniad[3].
Alun	'Dych chi ddim yn cael ysgariad[2]?
Delyth	Yndyn, 'dyn ni dal yn ysgaru[2].
Gwyn	Dydy priodas ni ddim yn gweithio.
Delyth	Ond mae'r popty[1]'n llwyddo.
Alun	Felly, 'dych chi ddim yn ei werthu?
Delyth	Nac'dyn. Ond mi gei di wastad ddod yma am gacen!

To get a divorce	cael ysgariad
I've tasted	to dw i wedi blasu
A decision	penderfyniad
To divorce	ysgaru
To succeed	llwyddo

NODIADAU GRAMADEGOL | *Grammatical Notes*

1. **POPTY** was always taught to me as meaning '*a bakery,*' and it's only been in recent times where I've encountered it as meaning '*an oven.*' **POBI** means '*to bake,*' and **TŶ** means '*house,*' − so essentially a **POPTY** is somewhere baking happens... which can be either '*a bakery*' or '*an oven,*' right? In southern dialects, **FFWRN** is more likely heard for '*an oven,*' which derives from Latin *furnus*, from whence the English '*furnace*' also derives. **BECWS** − from English, '*bake house*') is reserved solely for '*a bakery.*'

   Oh yes, and this does indeed mean that **POPTY PING** translates literally as '*an oven that goes ping.*' Please use **FFWRN F(E)ICRODONNAU** − or even **MEICROWÊF**! − for a *microwave oven*. Bloomin' **POPTY PING**! Grrrr!

2. Any word with **CARIAD** in it must be a beautiful thing, right? Well, perhaps not so much in this case... unless, of course, '*a divorce*' *is* the best thing for a relationship... but I digress...

   YSGARIAD is '*a divorce*', and **YSGARU** is the verb '*to divorce,*' but many prefer to say **CAEL YSGARIAD** (= *to get a divorce*).

   In fact, the term has nothing to do with **CARIAD**, and instead shares links with the Old Irish word; *SCARAID* (= *to sever, to separate*), English; '*to **shear**,*' and Lithuanian; *SKÌRT* (= *to separate*).

3. **PENDERFYNU** is a super cool word because it means both '*to decide*' and '*to determine.*' This means that **PENDERFYNOL** is '*decisive*' and '*determined.*' In north-eastern Welsh, it was once pronounced as **PENDRAFYNU**, but this can only be heard by one person who's frantically doing his best to keep the old peculiarities of Flintshire Welsh alive. I think he wrote Parsnips and Owls, too...

CWESTIYNAU

1. **Pwy sy' biau'r popty?**
   Who owns the bakery?
2. **Pwy sy'n cael ysgariad?**
   Who is getting a divorce?
3. **Pwy sy' eisiau prynu'r popty?**
   Who wants to buy the bakery?
4. **Beth ydy penderfyniad Gwyn a Delyth?**
   What is Gwyn and Delyth's decision?
5. **Fydd Alun dal yn gallu cael cacen?**
   Will Alun still be able to get a cake?

ATEBION

1. **Gwyn a Delyth sy'n biau'r popty.**
   [It's] Gwyn and Delyth [who] own the bakery.
2. **Gwyn a Delyth sy'n cael ysgariad.**
   [It's] Gwyn and Delyth [who] are getting a divorce.
3. **Alun sy' eisiau prynu'r popty.**
   [It's] Alun [who] wants to buy the bakery.
4. **Eu penderfyniad ydy peidio gwerthu'r popty.**
   Their decision is to not sell the bakery.
5. **Bydd. Bydd o dal yn gallu cael cacen.**
   Yes, he will. He'll still be able to get a cake.

YR HOBI NEWYDD

Mae Alaw yn ei hystafell ac mae'i mam yn dod i mewn.

Mam	**Alaw? Rhaid i ti godi.**
Alaw	Cerwch allan, Mam!
Mam	**Ti 'di treulio'r diwrnod i gyd yn y gwely. Mae'n ganol haf!**
Alaw	Dw i isio aros yn y gwely a meddwl am yr holl anghyfiawnder sy'n digwydd yn y byd.
Mam	**Mae pobl ifanc mor ddramatig! Pan ro'n i'n[1] ifanc, mi faswn i'n mynd allan, mi faswn i'n nofio, ac mi faswn i'n dysgu ieithoedd newydd!**
Alaw	Roeddech chi'n dysgu ieithoedd? Ond mae hwnna mor ddiflas!
Mam	**Ti angen ffeindio hobi newydd.**
Alaw	Aros yn y gwely... dyna hobi fi!
Mam	**Be' am ymuno[2] â chlwb llyfrau?**
Alaw	Dw i'n darllen ar ben fy hun... fel person normal.

Mam	Wyt ti'n licio ffotograffiaeth?
Alaw	Ych a fi, na'dw.
Mam	O, be' am gerddoriaeth? Ti'n licio miwsig!
Alaw	Yndw...
Mam	Mi fedret ti ddysgu offeryn. Mae gan dy dad hen git drymiau rywle.
Alaw	Hmmm, drymiau... Mae hwnna'n swnio'n cŵl...

Mae Alaw'n canu'r drymiau am oriau[3]. Mae hi'n creu sŵn mawr... Gormod o sŵn.

Mam	Wnei di stopio chwarae rŵan?
Alaw	Dyma hobi newydd fi, a rhaid i fi ymarfer tair awr y dydd o leia'!
Mam	Mae hobi newydd ti'n rhoi cur pen[4] i fi. *Fi* sy' isio aros yn gwely bellach!

You have to get up	rhaid i ti godi
injustice	anghyfiawnder
I would (be)	Mi faswn i'n
Your father has got	Mae gan dy dad
Will you stop...?	wnei di stopio

NODIADAU GRAMADEGOL | *Grammatical Notes*

1. Where English adjusts tone of voice (in speech) and/or uses italics (in writing) to express emphasis, Welsh usually totally reorders the sentences. On other – rarer – occasions, we use totally different words too, like with personal pronouns; **MI/FI > MINNAU/FINNAU, TI > TITHAU, FO/FE/EF > YNTAU, HI > HITHAU, NI > NINNAU, CH(W)I > CH(W)ITHAU, NHW/HWY > HWYTHAU**.
   The reason I raise this here is because **PAN RO'N I'N** (= *when I was/used to*) can be rendered as **A MINNAU'N** in literary Welsh.

2. Plenty of terms that begin with **CY(F)-** or **YM-** link with the preposition **Â/AG** (= *with*) in Welsh, even if a direct translation into English would sound a little untidy. Terms starting with **CYF-** tend to suggest something done jointly, similar to **CYD-**. Using **YM-** before terms in Welsh is a way of making a word reflexive... in a way. Here are a few other examples of both;
   - **GWELD** = *to see*
     - **YMWELD Â/AG** = *to visit*
     - **CYFWELD Â/AG** = *to interview*

3. The plural of **AWR** (= *an hour*) is **ORIAU**. Upon first inspection, the **AW > O** interchange seems weird, but it happens a lot in Welsh; **BRAWD** (= *brother*) > **BRODYR** (= *brothers*), **GWRANDO** (= *to listen*) > **GWRANDAWODD** ___ (= ___ *listened*). Also, listen carefully to western dialects pronouncing **MAWR** (= *big, large*) as **MOWR**; similar to *MÓR* in Irish.

4. **CUR PEN** is *'a headache,'* and derives from **CURO** (= *to hit, to beat*). In southern dialects, **PEN TOST** is heard where **TOST** refers to something *'severe,' 'bad,'* or *'sick.'* Although obsolete nowadays, **LLEPEN** also referred to *'a headache'* and derives from **LLED** (= *wide*) + **PEN** (= *head*). As early as the 14th century, **LLEPEN** was also used to refer to the *'cheek(s)'* or *the side of the head*. To see how much phrases in different dialects can vary, check out these sentences;
   - **MAE GEN' I GUR PEN** = *I have a headache* (northern)
   - **MAE PEN TOST 'DA FI** = *I have a headache* (southern)
   - **MA' FI GYN LEPEN** = *I have a headache* (north-eastern)

CWESTIYNAU

1. **Pwy sy'n dod i mewn i ystafell Alaw?**
   Who comes into Alaw's room?
2. **Beth mae mam Alaw'n ddweud am yr ifainc?**
   What does Alaw's mother say about youngsters?
3. **Hoffai Alaw ddysgu iaith newydd?**
   Would Alaw like to learn a new language?
4. **Beth mae Alaw'n hoffi fel hobi?**
   What does Alaw like as a hobby?
5. **Pwy sy' angen mynd i'r gwely ar y diwedd?**
   Who needs to go to bed at the end?

ATEBION

1. **Mae mam Alaw'n dod i mewn i'w hystafell.**
   Alaw's mother comes into her room.
2. **Mae hi'n meddwl bod nhw'n ddramatig.**
   She thinks [that] they're dramatic.
3. **Na hoffai achos basai'n ddiflas.**
   No, she wouldn't because that would be boring.
4. **Mae hi'n hoffi cerddoriaeth a chanu'r drymiau.**
   She like music and playing the drums.
5. **Mam Alaw sy' angen mynd i'r gwely.**
   [It's] Alaw's mother [who] needs to go to bed.

38

Y BACHGEN DW I'N EI GARU

Mae Anwen yn gwarchod Mabon am y noson. Maen nhw'n gwylio ffilm. Mae Anwen yn dechrau crio.

Mabon Anwen? Be' sy'[1]?

Anwen Mae Osian wedi torri calon fi!

Mabon Pwy ydy Osian?

Anwen Y bachgen dw i'n caru! Ro'n i'n meddwl bod Osian yn berffaith ac roedd o'n dalentog iawn.
Ond mi wnaeth o r'wbeth ofnadwy, ac dw i methu maddau iddo fo.

Mabon Mae hwnna'n erchyll! 🌱

Anwen Dw i'n gw'bod!

Mabon Anwen, cer i nôl 'sgidiau ti.

Anwen Be' ti'n 'neud?

Mae Mabon yn mynd i'r gegin ac yn dod 'nôl efo wyau.

Mabon Mi weles hyn ar y teli unwaith. 'Dyn ni'n mynd i daflu wyau at dŷ Osian.

Mae Anwen yn stopio crio.

Anwen Wyau?

Mabon Mi wnei di deimlo'n well wedyn! Ac os wnei di ddim teimlo'n well, mi gawn ni daflu papur toiled dros ei ardd!

Anwen Na, Mabon! Ni methu 'neud hwnna.

Mabon Pam lai?

Anwen Achos... yrm... dw i ddim yn gw'bod lle mae o'n byw.

Mabon Ti'm yn gw'bod lle mae dy gariad di'n byw?

Anwen O, ond dydy Osian ddim yn gariad i fi!

Mabon Be'?

Anwen Nac'di. Osian ydy hoff actor fi. Mae o yn y ffilm 'dyn ni newydd wylio.

Mabon Wir?

Anwen Ie, ac roedd ei actio'n sâl iawn. Felly, rŵan, dw i ddim yn mynd i wylio dim un o'i ffilmiau!

To babysit	gwarchod
To forgive	maddau
Once	unwaith
To throw	daflu
We've just watched	dyn ni newydd wylio

NODIADAU GRAMADEGOL | *Grammatical Notes*

1. **BETH SY'N BOD?** is the phrase used to ask *'what's the matter?'* or *'what's wrong?'* in Welsh. It actually translates literally as *'what which is being?,'* which kind of makes sense, I guess!

   In spoken language, this is often shortened to just **BE' SY'/SYDD?**. It's used in situations a little less 'heavy' than **BETH SY'N BOD?**, which displays a tad more concern. **BE' OEDD (YN BOD)?** is how we express *'what <u>was</u> the matter?'* or *'what <u>was</u> wrong?'*

   - **BE' SY'N BOD EFO HI?** = *What's the matter with her?*
   - **BE' SY'?** = *What's up?*
   - **BE' OEDD DDOE?** = *What was wrong yesterday?*
   - **BE' OEDD?** = *What was up?*

2. Although you'll never be pulled up for asking **PAM DDIM?** (= *why not?*), the 'correct' way to ask is **PAM LAI?** It translates literally as *'why less?'* and, as such, can seem a little weird to learners. Personally, I tend to use **PAM DDIM?** when I'm asking why something can't happen and I reserve **PAM LAI?** as somewhat of a way of accepting a situation with which I'm happy;

   - **IE, PAM LAI?!** = *Yeah, why not?!* or *Yeah, go on then!*
   - **OND PAM DDIM?** = *But why not?*

CWESTIYNAU

1. **Pam mae Anwen yn dechrau crio?**
   Why does Anwen start to cry?
2. **Beth mae Mabon eisiau i Anwen nôl?**
   What does Mabon want Anwen to fetch?
3. **Beth mae Mabon yn nôl o'r gegin?**
   What does Mabon fetch from the kitchen?
4. **Beth mae o eisiau wneud gyda'r wyau?**
   What does he want to do with the eggs?
5. **Pwy ydy Osian?**
   Who is Osian?

ATEBION

1. **Achos mae Osian wedi torri'i chalon hi.**
   Because Osian has broken her heart.
2. **Mae o eisiau iddi hi nôl ei hesgidiau.**
   He wants her to fetch her shoes.
3. **Mae o'n nôl wyau o'r gegin.**
   He fetches eggs from the kitchen.
4. **Mae o eisiau taflu nhw at dŷ Osian.**
   He wants to throw them at Osian's house.
5. **Actor ydy Osian.**
   Osian is an actor.

39

SGRECH YN Y NOS

Mae Gwen a Sioned ar drên sy'n teithio yn y nos. Maen nhw ar fin mynd i gysgu. Yn sydyn, maen nhw'n clywed sgrech.

Gwen   Glywest ti hwnna?

Sioned   Do. Ella bod rhywun mewn perygl[1].

Mae Gwen yn gwrando wrth y drws.

Gwen   Mi a' i i weld os ydy pob dim yn iawn.

Sioned   Peidiwch! Ella bod 'na lofrudd[2] yno!

Gwen   Ti'n gwylio gormod o deledu.

Sioned   Dw i ddim isio marw!

Gwen   Mi wna' i deimlo'n well pan dw i'n gwybod be' ddigwyddodd.

Sioned   Ac mi wna' i deimlo'n well pan fydd y drws wedi cau ac mi fyddwch chi yn eich gwely.

Gwen   Iawn. Mi wna' i aros yma.

Nes ymlaen, yng nghanol y nos, mae Sioned yn deffro. Mae hi'n gweld bod Gwen ddim yn ei gwely.

Sioned O, na! Nain?!

Mae Sioned yn gadael yr ystafell. Yn sydyn, mae hi'n clywed Gwen yn sgrechian[3] mewn ystafell arall. Mae hi'n rhedeg at y drws ac yn ei agor. Mae hi'n gweld Gwen yn chwarae cardiau gyda dynes arall.

Sioned Nain! Pam 'naethoch chi sgrechian?

Gwen Sioned! Dyma fy ffrind newydd, Marged. Dydy hi ddim yn llofrudd[2]. Ond mi wnaeth hi 'neud i fi golli can punt.

A scream, a screech	Sgrech
In danger	mewn perygl
I'll go	a'i
What happened	be' ddigwyddodd
In another room	ystafell arall

NODIADAU GRAMADEGOL | *Grammatical Notes*

1. When I first learned the word **PERYGL** as *'danger,'* I never thought of how similar it is to the word *'peril.'* It took me years to realise that they're very much (and obviously) related. **PERYGLUS** means *'dangerous'* or *'perilous,'* and **PERYGLON** are *'dangers'* or *'perils.'*
   It's also worth noting **PERI** (= *to induce, to inflict*) which is found in terms such as **PERI SYNDOD** (= *to [inflict] surprise*) and **PERI DAGRAU** (= *lacrimatory, to prompt tears*).

2. If I didn't mention **LLOFRUDD** in any of the previous Parsnips and Owls books, you have my sincere apologies.
   Although its meaning — a murderer — is slightly morbid, it's its derivation that has always seemed cool to me. *LLOF* became **LLAW** (= *a hand*) in modern Welsh — and is actually cognate with the English word *'palm'* — and *RHUDD* is an old word for **COCH** (= red); as seen in **RHUDDEM** (= **(a) ruby**), and *RUDH* in Cornish (= *red*). Together, **LLOFRUDD** essentially translates as *'red-hand(ed),'* which is how one hopes someone is caught should they turn out to be a *murderer*! **LLOFRUDDIO** = *to murder*, **LLOFRUDDIAETH** = *a murder*.

3. The most notorious ways of equating to *'-ing'* in English — i.e., denoting a verb — is done in Welsh using **-IO** or **-U**, although plenty of others exist.
   Don't be surprised, however, to encounter **–(I)AN** too. It's largely north-western these days and generally replaces **-IO**, but it's acceptable in its own right in standard language too, just in far fewer ways than the north-westerners use it. I'm pretty certain I'm barking up the wrong tree here, but it's so close to how some dialects of English drop the *G* from *'-ing'* that there must be a link, right?

CWESTIYNAU

1. **Pryd mae Gwen a Sioned ar y trên?**
   When are Gwen and Sioned on the train?
2. **Beth maen nhw'n glywed?**
   What do they hear?
3. **Beth dybia Sioned sydd wedi digwydd?**
   What does Sioned suspect has happened?
4. **Pam mae Sioned yn poeni ar ôl deffro?**
   Why is Sioned worrying after waking [up]?
5. **Gafodd Gwen ei llofruddio?**
   Has Gwen been murdered?

ATEBION

1. **Maen nhw ar y trên gyda'r nos.**
   They're on the train at night.
2. **Maen nhw'n clywed sgrech.**
   They hear a scream/screech.
3. **Mae hi'n credu bod llofruddiaeth wedi bod.**
   She believes there has been a murder.
4. **Achos dydy Gwen ddim yn ei gwely.**
   Because Gwen isn't in her bed.
5. **Naddo, roedd hi'n chwarae cardiau.**
   No, she was playing cards.

40

SYPREIS ALUN

Mae Megan yn cerdded at y gegin.
Mae mwg ym mhob man.

Megan O, na! Be' ydy hyn i gyd?

Alun Ro'n i'n paratoi r'wbeth arbennig ar gyfer dy ben-blwydd di.

Megan Diolch, Alun, ond...

Alun Pan ro'n i wrthi'n paratoi dy gacen, mi wnes i golli modrwy briodas fi! Wedyn, mi wnes i sylweddoli bod hi yn y gacen. Roedd rhaid i fi f'yta'r gacen i gyd er mwyn ffeindio hi.

Megan Iawn...

Alun Wedyn, ro'n i 'di blino ac mi es i i'r gwely.

Megan Ie...

Alun Ond mi wnes i ddeffro oherwydd y mwg. Roedd y bwyd dal yn y popty ac mi aeth o ar dân[1].

Megan O, na!

Alun   Mi wnes i redeg yn syth at y gegin ac mi wnes i iwsio dŵr allan o fâs er mwyn stopio'r tân!

Megan   Fy arwr!

Alun   Ond roedd y blodau wnes i brynu i ti yn y fâs 'na!

Mae Alun yn rhoi'r blodau wedi llosgi i'w wraig.

Alun   Sypreis?

Megan   O, fy nghariad i.
Dydy o ddim yn sypreis.

Alun   Na'di?

Megan   Na'di, siŵr. Ti'n 'neud yr un peth bob blwyddyn ar fy mhen-blwydd. Felly, mi wnes i ordro hoff bitsa ni. Sypreis!

Everywhere	ym mhobman
Wedding ring	modrwy briodas
It went on fire	aeth o ar dân
Vase	fâs
Burnt flowers	blodau wedi llosgi

NODIADAU GRAMADEGOL | *Grammatical Notes*

1. **AETH AR DÂN** translates literally as *'went on fire.'* Translating *'to catch fire'* – i.e., **DAL TÂN** – is just too untidy. That's why we use **MYND** (= *to go*) – or a version of it in **AETH** – to suggest stuff that's *doing* or *getting* something;
   - **MYND YN OER** = *to get cold*
   - **MYND YN FLIN** = *to get angry*
   - **MYND AR DÂN** = *to catch/go on fire*
     - **AETH YN OER** = *it went/got cold*
     - **AETH YN FLIN** = *it got angry*
     - **AETH AR DÂN** = *it caught fire*
       - **EITH YN OER** = *it'll get cold*
       - **EITH YN FLIN** = *it'll get angry*
       - **EITH AR DÂN** = *it'll catch fire*

2. Although a dictionary will tell you that **FÂS** is a softly mutated version of **BÂS** (= *base*) (compare **PÊL-FAS** = *baseball*), it's also a word in its own right; *'vase.'* Other terms for the things that hold flowers etc include **FFIOL** (presumably cognate with *'vial'*) and **CAWG** (which can also suggest *'a bowl'*).

   CAWG CAERGWRLE (English: *The Caergwrle Bowl*) is a Bronze Age decorated bowl found in the small, Flintshire village of Caergwrle that's currently housed in Amgueddfa Cymru, Caerdydd. It's dressed in designs pertaining to a boat or water-travelling vessel and is made from shale, tin, and gold foil. It was likely used a votive offering to a local god(dess).

CWESTIYNAU

1. **Beth sy'n bod yn y gegin?**
   What's the matter in the kitchen?
2. **Ai Alun sy'n cael ei ben-blwydd?**
   Is it Alun who's having his birthday?
3. **Beth gollodd Alun?**
   What did Alun lose?
4. **Beth ddigwyddodd i'r dŵr yn y fâs?**
   What happened to the water in the vase?
5. **Oedd Megan yn disgwyl i hyn oll ddigwydd?**
   Was Megan expecting all this to happen?

ATEBION

1. **Mae mwg wedi llenwi'r gegin.**
   Smoke has filled the kitchen.
2. **Na, Megan sy'n cael ei phen-blwydd.**
   No, [it's] Megan [who] is having her birthday.
3. **Collodd Alun ei fodrw briodas.**
   Alun lost his wedding ring.
4. **Fe'i taflwyd ar y tân.**
   It was thrown on[to] the fire.
5. **Oedd. Mae'n digwydd bob blwyddyn.**
   Yes, she was. It happens every year.

41

DW I ISIO BOD FEL CHI

Mae Owen wedi bod i nôl Mabon o'r ysgol.

Owen   Oedd yr ysgol yn dda heddiw?

Mabon   Oedd! Mi wnaethon ni siarad am alwedigaethau[1]. 'Dych chi'n gw'bod be' dw i isio bod pan fydda i'n hŷn?

Owen   Hmmm, dw i ddim yn siŵr! Gofodwr[2]?

Mabon   Na'ci! Dw i isio dofi[3] llewod!

Owen   O! Am swydd wych!

Mabon   Dw i'n mynd i ddysgu llewod sut i neidio trwy gylchoedd[4] tân...

Owen   Waw!

Mabon   Ac dw i'n mynd i ddysgu nhw sut i ddawnsio!

Owen   Mi faswn i'n caru gweld hwnna!

Mabon   Ac dw i'n mynd i roi fy mhen yn eu cegau nhw!

Owen Rhaid i ti fod yn ofalus!
Mae'n swnio fel swydd beryglus!

Mabon Peidiwch â phoeni, mi fydda i'n fendigedig yn dofi[3] llewod!

Owen Pam ti isio dofi[3] llewod yn union[5]?

Mabon Achos dyna'ch swydd chi, ac dw i isio bod fel chi!

Owen Ti'n meddwl mod i'n dofi[3] llewod?

Mabon Yndw. Mi wnes i ffeindio'ch trowsus lledr a'ch chwip chi yn y cwpwrdd.

Owen O! Yrm...

Mabon Felly, 'dych chi'n dofi[3] llewod neu ddim?

Owen Yrm... yndw! Ro'n i'n mynd i dd'eud wrtha' ti ond mi wnes i anghofio.

Astronaut	gofodwr
To tame	dofi
I'd love to see that	baswn i'n caru gweld hwnna
Don't worry	peidiwch â phoeni
I forgot	wnes i anghofio

NODIADAU GRAMADEGOL | *Grammatical Notes*

1. **GALWEDIGAETH** equates to *'profession'* in English; although **PROFFESIWN** is also used. I prefer the former because it derives from **GALW** (= *to call*) and fits nicely with the notion that one's *profession* is their *'calling [in life].'*

2. If you've purchased this book having already powered through the first two iterations, it's unlikely that explaining how the endings **-WR/-WRAIG** (= *-er*) and **WYR** (= *-ers*) derive from **GŴR** (= *man, husband*), **GWRAIG** (= *woman, wife*), and **GWŶR** (= *men, husbands*) will raise too many eyebrows. Either way, consider yourself sufficiently reminded as you work out that **GOFODWR** comes from **GOFOD** (= *(a) space*) + **GŴR** to yield *'an astronaut.'*

3. **DOFI** – in the instance of this story, at least – means *'to tame,'* but it shares links with the English term *'docile.'*

4. What? Yet another way to pluralise nouns in Welsh? **CYLCH** is *'a circle.'* It appears as *CIRCL* in a 9th century document and represents one of the first documented loan-words in Welsh. It's pluralised as **CYLCHOEDD**, like **GWEITHRED** (= *an action*) > **GWEITHREDOEDD** (= *actions*), et al.

5. **YN UNION** equates to *'exactly'* or *'directly'* and comes from **UN** (= *one*). Much like its English counterparts, it can be used naturally as part of a sentence, or as a tag phrase. **UNION** alone means *'exact'* or *'straight,'* and **UNIONI** means *'to level'* or *'to align.'*

CWESTIYNAU

1. **Beth siaradodd Mabon amdanyn nhw heddiw?**
   What did Mabon talk about [them] today?
2. **Beth mae Mabon eisiau fel swydd?**
   What does Mabon want as a job?
3. **Pwy sy'n mynd i ddysgu sut i ddawnsio?**
   Who's going to learn how to dance?
4. **Beth ddaeth Mabon o hyd iddyn nhw?**
   What did Mabon find?
5. **Ydy Owen yn dofi llewod fel swydd go iawn?**
   Does Owen tame lions as a job in reality?

ATEBION

1. **Siaradodd Mabon am alwedigaethau.**
   Mabon talked about occupations.
2. **Hoffai Mabon dofi llewod fel swydd.**
   Mabon would like to tame lions as a job.
3. **Y llewod sy'n mynd i ddysgu dawnsio.**
   [It's] the lions [who] are going to learn to dance.
4. **Daeth o hyd i drowsus lledr a chwip Owen.**
   He found Owen's leather trousers and whip.
5. **Nac ydy, dydy Owen ddim yn dofi llewod.**
   No, Owen does not tame lions.

42

GWARCHOD ADERYN

Mae Sioned yn siarad ar y ffôn gyda'i ffrind, Guto.

Sioned   S'mai, Guto! Wyt ti'n dod 'nôl 'fory neu ddydd Mawrth?

Guto   'Fory. Diolch am edrych ar ôl aderyn fi tra do'n i ddim adre'.

Sioned   Dim problem o gwbl.

Guto   Ydy popeth yn iawn yn y tŷ?

Sioned   Yndi, ond mae gen i r'wbeth i dd'eud wrtha' ti[1]. Mi wnaeth aderyn ti ddianc trwy'r ffenest.

Guto   Be?!

Sioned   Ie. Roedd y caets ar agor.

Guto   Pam oedd y caets ar agor?

Sioned   Achos mi wnaeth o ddisgyn[2] ar y llawr.

Guto   Sut wnaeth o ddisgyn[2] ar y llawr?

Sioned   Mi wnaeth dy wely ddisgyn[2] arno.

Guto   Mi wnaeth fy ngwely ddisgyn[2] o fyny'r grisiau? Ond sut?!

Sioned	Achos roedd 'na lawer o ddŵr yn dy 'stafell wely di.
Guto	Dŵr? Pam oedd 'na ddŵr yn 'stafell wely fi?
Sioned	Achos mi wnes i iwsio fo i ddiffodd[3] y tân.
Guto	Roedd 'na dân?!
Sioned	Oedd, ond 'mond fyny'r grisiau.
Guto	Be' ti 'di bod yn 'neud yn y tŷ?!
Sioned	Dw i'n meddwl mai oherwydd y canhwyllau myfyrio[4] oedd o...
Guto	Canhwyllau myfyrio[4]?
Sioned	Ie! Dw i 'di dechrau myfyrio[4]! Hefyd, 'swn i'n hapus i warchod dy dŷ fis nesa', os wyt ti isio? Helô? Guto?

No problem at all	dim problem o gwbl
To escape	ddianc
On[to] the floor	ar y llawr
To extinguish	ddiffodd
Meditation candles	canhwyllau myfyrio

NODIADAU GRAMADEGOL | *Grammatical Notes*

1. Although I've used the term **WRTHA' TI** quite a bit throughout this book, I haven't really offered a run down of how it's used. Below is the running for personalising this particular pronoun, set out as *literary term > spoken term*;
   - **WRTHYF > WRTHA' I**
   - **WRTHYT > WRTHA(T) TI**
   - **WRTHO > WRTHO FO/FE**
   - **WRTHI > WRTHI HI**
   - **WRTHOM > WRTHON NI**
   - **WRTHOCH > WRTHOCH CHI**
   - **WRTHYNT > WRTHAN NHW**

   Plenty of verbs link with **WRTH** (and its declensions) in Welsh including; **DWEUD <u>WRTH</u>** (= *to say/tell <u>to</u>*) and **SÔN <u>WRTH</u>** (= *to mention <u>to</u>*).

2. Right, are you ready for this. *'To fall'* in Welsh is – usually – either **SYRTHIO** or **CWYMPO**. However, you'll also hear **DISGYN** (which actually means *'to descend'*). **DYMCHWEL** means *'to topple,'* but it's also used to express *'to demolish'* or *'to capsize.'* **GOLLWNG** means *'to drop,'* but some youngsters just say **DROPIO** these days.

   That was quite the rabbit hole! Anyway, as you were.

3. **DIFFODD** actually means *'to extinguish,'* but it's also used to refer to **GOLAU** (= *lights*) when switching them off.

4. **MYFYRWYR** are *'students,'* i.e., *those who study*. But **MYFYRIO** also means *'to meditate'* and I'm not sure how much of that *students* do!

CWESTIYNAU

1. **Pwy ydy Guto i Sioned?**
   Who is Guto to Sioned?
2. **Pa anifail mae Sioned wedi'i warchod?**
   Which animal has Sioned looked after?
3. **Beth oedd yn ystafell wely Guto?**
   What was in Guto's bedroom?
4. **Beth wnaeth Sioned am y tân?**
   What did Sioned do about the fire?
5. **Pa hobi mae Sioned newydd ddechrau?**
   Which hobby has Sioned just started?

ATEBION

1. **Ffrind Sioned ydy Guto.**
   Guto is Sioned's friend.
2. **Mae hi wedi gwarchod aderyn Guto.**
   She has looked after Guto's bird.
3. **Roedd dŵr yn ystafell wely Guto.**
   There was water in Guto's bedroom.
4. **Gwnaeth Sioned ddifodd y tân.**
   Sioned extinguished the fire.
5. **Mae hi newydd ddechrau myfyrio.**
   She has just started meditation.

43

MAE ANWEN YN TACLUSO'R FFLAT

Mae Gwen yn cyrraedd fflat Alaw. Mae hi'n gweld Alaw wrthi'n mynd â lamp, rỳg, a theledu drud iawn allan o'i fflat.

Gwen   **Wyt ti'n symud allan?**

Alaw   Na'dw.

Gwen   **Wyt ti'n mynd i werthu hyn i gyd?**

Alaw   Na'dw. Dw i'n mynd i roi nhw yn y bin sbwriel.

Gwen   **Pam?**

Alaw   Achos mae fy mam wedi d'eud wrtha' i i dacluso'r fflat.

Gwen   **Mae gen i deimlad bod hi'n golygu rhywbeth arall. Mae'r rỳg 'ma'n newydd sbon.**

Alaw   Mae'r ryg 'ma'n ogla[1] o gûn a 'sgynnon ni ddim ci.

Gwen   **Wir? Mae hwnna'n anffodus. Ac be' am y lamp 'na, felly?**

Alaw	Dw i'm yn licio'r lamp 'na o gwbl! Mae'n well gen i fod yn y t'yllwch[2]!
Gwen	**Ond pam ti'n rhoi'r teledu yn y bin? Dw i'n siŵr bod hwnna'n ddrud iawn!**
Alaw	'Dych chi dal yn gwylio'r teledu? Mae wastad yr un peth ymlaen[3]: pres, llofruddiaeth, coginio...
Gwen	**Dw i'n cytuno, ond dw i ddim yn meddwl fydd dy fam yn hapus.**
Alaw	Siawns, ond mi wneith hi feddwl dwywaith cyn i ofyn i fi dacluso'r fflat y tro nesa'.

To move out	Symud allan
I've got a feeling	Mae gen i deimlad
Unfortunate	yn anffodus
In the darkness	yn y t'yllwch
To think twice	feddwl dwywaith

NODIADAU GRAMADEGOL | *Grammatical Notes*

1. With **AROGL** meaning *'a smell'* or *'a scent,'* it's clear to see what **AROGLI** means *'to smell.'* However, in northern dialects you'll encounter **OGLA** or **OGLE(UO)**, with **GWYNTO** being more southern. In the north-west, **OGLA** can also be used as the noun; *'a smell,'* *'a scent.'*
   Fun fact, **GWYNTO** in northern Welsh means *'to wind [a baby].'* When my wife used to ask **WNEI DI <u>WYNTO</u>'R BABI?**, I was never sure whether she wanted me to *wind* him or *smell* whether he'd had a poo!

2. There are two reasons why I rendered **TYWYLLWCH** (= *dark[ness]*) as **T'YLLWCH** in this story; 1) **T'YLLWCH** is very common to hear in speech, and 2) **T'YLLWCH** ended up fitting nicely on the line so I didn't have to start a new one with only one word on it. I'm sure I have some kind of OCD!

3. Both *'on'* and *'off'* have perfectly respectable terms in Welsh, but the amount I hear people using the English terms within their Welsh is insane;
   - **TRO'R TELI <u>ON</u>** = *Turn the television <u>on</u>*
   - **TRO'R GOLAU <u>OFF</u>** = *Turn the lights <u>off</u>*

   In standard Welsh, *'on'* is **YMLAEN**; a term that's also used to express *'onwards'* and a few other similar terms. *'Off'* is less simply to explain as terms like **ODDI AR** only really refer to occasions where things aren't turned off. I've already mentioned **DIFODD** (= *to extinguish*) previously in this book regarding turning *off* lights/appliances.
   What I've found cool in my own use of Welsh is how, even though they're exact borrowings from English, I'm starting to forge them in usage as though Welsh. For example, prepositions in Welsh can become personalised – **ATI HI** (= *<u>towards</u> her*), **ARNO FO/FE** (= *on him*), etc – and I've naturally been saying stuff like **TY'D LAWR <u>OFFO</u> FO!** = *Come down <u>off</u> it!* There's a professional linguist out there somewhere licking their lips reading this, I'm certain!

CWESTIYNAU

1. **Ydy Alaw'n symud allan?**
   Is Alaw moving out?
2. **Ble mae Alaw'n mynd i roi'r pethau?**
   Where is Alaw going to put the things?
3. **Pwy sy' eisiau i Alaw dacluso'r fflat?**
   Who wants Alaw to tidy [up] the flat?
4. **Pam dydy Alaw ddim yn hoffi'r lamp?**
   Why doesn't Alaw like the lamp?
5. **Pam fydd mam Alaw ddim yn hapus?**
   Why will Alaw's mother not be happy?

ATEBION

1. **Nac ydy, dydy hi ddim yn symud allan.**
   No, she isn't moving out.
2. **Mae hi'n mynd i'w rhoi nhw yn y bin.**
   She's going to put them in the bin.
3. **Ei mam hi sy' eisiau iddi hi dacluso.**
   [It's] her mother [who] wants her to tidy [up].
4. **Mae'n well ganddi hi fod yn y tywyllwch.**
   She prefers to be in the dark[ness].
5. **Achos mae Alaw wedi taflu pethau drud.**
   Because Alaw's thrown expensive things.

44

YR HACIWR

Mae Elan wedi mynd i dŷ Owen.

Owen   Elan, dyna ti! Diolch am ddod!

Elan   Dim problem. Wnest ti dd'eud bod gen ti broblem efo'r cyfrifiadur[1]?

Owen   **Do!**

Elan   Be' ydy'r broblem, felly?

Owen   **Ti'n gw'bod be' ydy hacwyr? Maen nhw'n bobl sy'n newid pethau ar gyfrifiaduron pobl eraill.**

Elan   Yndw, dw i'n gw'bod be' ydy haciwr. Be' ydy'r broblem?

Owen   **Mi wnes i drïo printio fy CV, ond mae'n amhosibl! A rŵan, dw i methu ffeindio fy CV o gwbl. Dw i'n meddwl bod haciwr wedi 'neud r'wbeth.**

Elan   Ga' i weld?

    Mae Elan yn sbïo ar gyfrifiadur[1] Owen.

Elan   Hmmm, dw i 'di ffeindio dogfen o'r enw 'CV Owen.'

    Mae Elan yn agor y ddogfen ac mae Owen yn ei ddarllen.

Owen	Mae'n edrych fel fy CV.
Elan	Dw i'n gw'bod pam dydy argraffydd ti ddim yn gweithio.
	Mae Elan yn cysylltu'r argraffydd â'r cyfrifiadur[1].
Elan	Doedd yr argraffydd ddim wedi cysylltu[2]'n iawn!
Owen	Hmmm... Mabon oedd hwnna, siŵr.
	Mae Elan yn argraffu'r CV ac yn ei ddarllen.
Elan	Owen, mae 'na lwyth o gamgymeriadau yn dy CV di.
Owen	Mae'r haciwr wedi newid pethau, mae'n debyg[3].
Elan	Hmmm... mae'n d'eud dy fod di'n dda iawn efo cyfrifiaduron[1].
Owen	Siŵr o fod[3] yr haciwr wnaeth hwnna.

Computer	cyfrifiadur
To change things	newid pethau
Computers	cyfrifiaduron
The document	dogfen
Probably, it's likely	debyg

NODIADAU GRAMADEGOL | *Grammatical Notes*

1. **CYFRIFIADUR** is our word for '*a computer.*' It's formed by adding the ending **–(I)ADUR** to **CYFRIF** (= *to count, to compute*).

   We see the ending **–(I)ADUR** in other terms like **GLUNIADUR** (= *laptop*), **GEIRIADUR** (= *dictionary*), **AMSERIADUR** (= *a pace-maker*), **DYDDIADUR** (= *a diary*), and **OSGLIADUR** (= *an oscillator*).

   Although not always the case, **-(I)ADUR** words usually pluralise to **–(I)ADURON**; such **CYFRIFIADURON** (= *computers*).

2. Meaning '*to connect,*' '*to contact,*' or '*to link,*' **CYSYLLTU** forms its noun as **CYSWLLT** (= *a contact*) or as **CYSYLLTIAD** (= *a connection, a link*).

   Note how **CYSWLLT** includes a **W** whereas other terms don't. This is because **W**s and **Y**s interchange depending on where the stress (or accent) of the word in question falls. We see a similar phenomenon with **CWESTIWN** (= *a question*) and **CWESTIYNAU** (= *questions*) or **CWESTIYNU** (= *to question*).

3. There are two main ways of expressing '*probably*' or '*likely*' in Welsh. The first is **MAE'N DEBYG** (literally, *it's likely*) and the second is **SIŴR O FOD** (literally, *sure to be*). In northern dialects, **SIŴR IAWN** (literally, *very sure(ly)*) can also be heard.

CWESTIYNAU

1. **Pwy all helpu Owen gyda'i gyfrifiadur?**
   Who can help Owen with his computer?
2. **Pwy mae Owen yn tybio sy' tu ôl i'w broblem?**
   Who does Owen suspect is behind his problem?
3. **Ble roedd CV Owen?**
   Where was Owen's CV?
4. **Beth oedd heb gael ei gysylltu'n iawn?**
   What hadn't been connected correctly?
5. **Pwy wnaeth y camgymeriadau ar CV Owen?**
   Who made the mistakes on Owen's CV?

ATEBION

1. **Gall Elan ei helpu gyda'i gyfrifiadur.**
   Elan can help with his computer.
2. **Mae o'n tybio mai hacwyr sy' tu ôl iddi.**
   He suspects [that] a hacker is behind it.
3. **Roedd mewn dogfen o'r new 'CV Owen'.**
   It was in a document named 'Owen's CV'.
4. **Doedd yr argraffydd heb ei gysylltu'n iawn.**
   The printer hadn't been connected correctly.
5. **Fo wnaethon nhw'i hun.**
   He made them himself.

45

DW I'N CARU
DY WALLT NEWYDD

Mae Anwen ac Alaw'n sgwrsio ar goridor yr ysgol.

Alaw   Mae'r tocynnau i'r gyngerdd penwsos 'ma'n costio pum deg punt.

Anwen   Ond 'sgynnon ni mo bum deg punt! **Mae Lisa, ffrind o'u dosbarth, yn eu gweld nhw.**

Lisa   Alaw, dw i'n caru dy wallt newydd!

Alaw   Diolch. Anwen wnaeth.

Anwen   Do, dw i wrthi'n dysgu!

Lisa   Waw! Wnei di dorri gwallt fi hefyd?

Alaw   Hmmm, faint wnei di dalu ni?

Mae Sara, ffrind Lisa, yn eu clywed nhw'n siarad.

Sara   Fi hefyd. Dw i angen trin gwallt[1]!

Anwen   Dw i ddim yn siŵr os...

Alaw   Mi fedrith[2] Anwen roi trin gwallt i chi yn ystod amser cinio!

Anwen   Be'? 'Sgen i ddim amser! Mae gynnon ni wers hanes efo Mrs Davies ar ôl cinio.

Alaw   Ti isio gweld dy hoff grŵp, oes neu nac oes? 'Dyn ni angen y pres ar gyfer y tocynnau.

Nes ymlaen, yn nhoiled yr ysgol, mae Anwen yn torri gwallt Lisa. Mae Lisa'n edrych yn y drych[3].

Lisa	Ddim yn ddrwg o gwbl!
Alaw	Hapus bo' ti'n licio! Ugain punt, plîs.

Mae Alaw'n edrych ar ei rhestr.

Alaw	Sara, ti sy' nesa'. Wedyn Rhiannon.
Anwen	Alaw, mae gynnon ni wers hanes.
Alaw	Fydd Mrs Davies ddim yn sylwi[4].

Yn sydyn, mae Mrs Davies yn cerdded i mewn i'r tŷ bach.

Mrs D.	Dyna chi! Ewch i'r dosbarth rŵan! Ond dim chi, Anwen ac Alaw. Mi fyddwch chi'n mynd i weld y pennaeth.
Anwen	Na, plîs!
Mrs D.	Wel, ella bydd dim rhaid i chi fynd at y pennaeth...
Alaw	Gwych!
Mrs D.	Ond rhaid i dorri fy ngwallt ar ôl y wers.
Anwen	Mi hoffech chi gael trin gwallt[1]?
Mrs D.	Dw i'n mynd allan heno 'ma...
Alaw	Iawn. Mi fydd hwnna'n bum deg punt.

This weekend	penwsos 'ma
During lunchtime	yn ystod amser cinio
In the mirror	yn y drych
Get to [the] class	ewch i'r dosbarth
Fifty pounds	bum deg punt

NODIADAU GRAMADEGOL | *Grammatical Notes*

1. If you studied Welsh as a "second language" – whatever that means! – in your school days, I'll put my neck on the line and say you've probably come across **GWALLT** (= *hair*). **TRIN** means '*to treat*,' but linking it with **GWALLT** forms **TRIN GWALLT**... '*a haircut*.' My wife informs me that some north-westerners prefer the term **HERAN** or **HERTAN** as '*a haircut*' which, honestly, makes me want to cry. This is certainly not to be confused with **HARTAN**, which, to the same north-westerners is a **TRAWIAD AR Y GALON** (= *a heart-attack*).

2. Forming the future tense in Welsh can be done in a few ways, but the easier – in my opinion – is by using **GWNEUD** as an auxiliary verb and adding a verb-noun after it. In the third person, both **GWNEITH** (northern) and **GWNAIFF** (southern) are acceptable. Their endings; **-ITH** and **-IFF** respectively can also be transferred to the concise forms. Here are some examples to stop me rambling;

   - **MI FERDRITH OWEN** = *Owen can* (northern)
   - **FE ALLIFF OWEN** = *Owen can* (southern)
   - **GALL OWEN** = *Owen can* (literary/standard)

3. I've always liked the word **DRYCH** (= *a mirror*) because it looks like **EDRYCH** (= *to look*) and you *look* in a *mirror*. In fact, both words share the same root which makes sense.

4. I was today-years-old (at the time of writing, of course) when I realised there's actually a difference between **SYLWI** and **SYLWEDDOLI**! And there was me thinking they were interchangeable;

   - **SYLWI** = *to observe, to notice*
   - **SYLWEDDOLI** = *to realise*

CWESTIYNAU

1. **Faint mae tocynnau'r gyngerdd yn costio?**
   How much to the concert's tickets cost?
2. **Pwy sy'n dod i weld Alaw ac Anwen?**
   Who comes to see Alaw and Anwen?
3. **Pryd bydd Alaw'n torri gwallt pawb?**
   When will Alaw be cutting everyone's hair?
4. **Fydd Alaw ac Anwen yn gweld y pennaeth?**
   Will Alaw and Anwen be seeing the headteacher?
5. **Faint o bres sy' ar Mrs Davies i Alaw?**
   How much does Mrs Davies owe Alaw?

ATEBION

1. **Mae'r tocynnau'n costio hanner can punt.**
   The tickets cost fifty pounds.
2. **Lisa sy'n dod i weld Alaw ac Anwen.**
   [It'] Lisa [who] comes to see Alaw and Anwen.
3. **Bydd hi'n torri gwallt pawb amser cinio.**
   She'll be cutting everyone's hair at lunchtime.
4. **Na fyddan, fyddan nhw ddim yn ei weld.**
   No, they won't be seeing him.
5. **Mae hanner can punt arni hi iddyn nhw.**
   She owes them fifty pounds.

46

JÎNS NEWYDD

Mae Owen a Mabon wrthi'n siopa yn y siop lle mae Alaw'n gweithio.

Mabon Plîs peidiwch 'neud i fi drïo dillad newydd, Dadi.

Owen Ond ti angen dillad newydd.
Trïa'r jîns 'ma

Mabon Iawn. Mi wna' i drïo nhw...

Mae Mabon yn trïo'r jîns ac yn dangos nhw i Owen.

Mabon Mae'n gas gen i'r jîns 'ma.

Owen Pam?
Mi wna' i ofyn i Alaw be' mae hi'n feddwl.
Maen nhw'n wych, 'dydyn[1], Alaw?

Alaw Dydyn nhw ddim yn ddrwg.

Mabon Ond dw i'n licio hen jîns fi.

Owen Mae hen jîns ti'n rhy fach.
Ti'n tyfu[2]'n gyflym iawn!

Mabon Iawn, ond ella dw i ddim isio tyfu!
Dw i'n licio bod yn blentyn.

Alaw Mae gynno fo bwynt. Mae tyfu[2] fyny'n ofnadwy. Rhaid i ti ffeindio swydd a gweithio i bobl ti ddim yn licio.
Mae bòs Alaw'n cerdded heibio ac yn dweud wrthi i siarad gyda hi mewn preifat.

Bòs	**Alaw, dwyt ti ddim wedi gwerthu dim byd mis yma. Os dwyt ti ddim yn gwerthu dim heddiw, mi fyddi di'n colli dy swydd di yma yn y siop.**
	Mae Alaw'n mynd 'nôl at Owen a Mabon.
Alaw	Yrm, chi'n gw'bod pan ddudes i fod tyfu^2 fyny'n ofnadwy? Ro'n i'n anghywir.
	Mae tyfu^2 fyny'n wych.
Mabon	Pam?
Alaw	Achos mi fyddi di'n cŵl ac yn cael hongian^3 allan efo pobl cŵl.
Mabon	Fedra' i hongian allan efo ti pan fydda' i'n hŷn?
Alaw	Ella.
Mabon	Waw! Dw i isio tyfu^2 fyny!
Owen	Ydy hwnna'n golygu bo' ti isio'r jîns?
Mabon	Yndi! A'r crys-t 'ma. Yrm... a'r siaced 'ma!
Owen	Grêt! Faint mae hwnna'n costio?
Alaw	Cant a hanner o bunnoedd.
Owen	Be'?! Paid tyfu^2 fyny, Mabon.
	Mae'n costio gormod!

Don't make me	peidiwch heud i fi
They aren't bad	ddim yn ddrwg
Your job	dy swydd
To hang out	hongian allan
To cost too much	costio gormod

NODIADAU GRAMADEGOL | *Grammatical Notes*

1. I've mentioned a few tag phrases throughout this book, and I don't plan on stopping there. **'DYDYN** – originally rendered as **[ONI]D YDYN [NHW]** (= *aren't they*) – is super common these days. Clearly, it's only used with the third person plural; **'DYDY** or **'TYDI** are used for the singulars.

2. **TYFU** means '*to grow*' and creates its noun – '*growth*' – as **TWF**. Although commonly done these days in speech, we don't have to say **TYFY (I) FYNY** (literally, *to grow up*) in Welsh because **TYFU** already encompasses the '*up*' part. Handy, huh?

   Other terms involving **TYFU** and **TWF** include **TYFIANT** (also '*growth*') and **TYFBWYNT** (= *a growing point*). Once again, note the interchange between **W**s and **Y**s as mentioned in the grammar notes section for story 44.

3. **HONGIAN** (= *to hang*) – another example of **-IAN** – already mentioned in story 39. Honestly, I'm saying **HANGIO** all day long. Apologies once again! **HONGIAN ROWND** or **HONGIAN ALLAN/MAS** are clearly borrowings from the English terms '*to hang (a)round*' and '*to hang out*' respectively.

   In terms of '*hanging*' as a form of capital punishment, Welsh uses **CROGI**. **CROCBREN** (essentially '*a wood[en structure] for hanging*') used to refer to '*a gallows,*' but now covers '*scaffold*' too.

CWESTIYNAU

1. **Pwy sy'n gweithio yn y siop ddillad?**
   Who is working in the clothes shop?
2. **Ydy Mabon yn hoffi'r jîns newydd?**
   Does Mabon like the new jeans?
3. **Yn ôl Alaw, beth sy'n "ofnadwy"?**
   According to Alaw, what's "awful"?
4. **Beth fydd yn digwydd i Alaw?**
   What will be happening to Alaw?
5. **Faint mae'r dillad newydd yn costio i Owen?**
   How much do the new clothes cost Owen?

ATEBION

1. **Alaw sy'n gweithio yn y siop ddillad.**
   [It's] Alaw [who] is working in the clothes shop.
2. **Nac ydy, mae'n well ganddo ei hen jîns.**
   No, he prefers his old jeans.
3. **Yn ôl Alaw, tyfu i fyny sy'n "ofnadwy".**
   According to Alaw, [it's] growing up [that] is awful.
4. **Bydd Alaw'n colli'i swydd heb werthu mwy.**
   Alaw will be losing her job without selling more.
5. **Maen nhw'n costio cant a hanner o bunnoedd.**
   They cost one hundred and fifty pounds.

47

Y GYD-LETYWRAIG[1] NEWYDD

Mae Sioned yn yfed gwin gyda'i ffrind, Alys, mewn bwyty.

Sioned Dw i ddim isio ti symud i ffwrdd!

Alys Dw i'n gw'bod, ond mae byw yn y ddinas 'ma mor ddrud. Mae fy fflat yn costio gormod i fi.

Sioned Mae gen i syniad! Faset ti'n ystyried[2] dod i fyw efo fi a fy nain? 'Set ti'n[3] medru cysgu ar y soffa!

Alys Waw! Wir? Wyt ti'n siŵr?

Sioned Wel, bydd rhaid i ti gwrdd â Nain yn gynta'. Hi sy' biau'r fflat.

Alys Ac os 'dyn ni ddim yn dod ymlaen?

Sioned Dw i'n siŵr 'neith hi licio ti.
Wel, eitha'[4] siŵr, beth bynnag...
Nes ymlaen yn yr wythnos, mae Alys yn cyfarfod Gwen yn y fflat.

Gwen Mae Sioned yn d'eud bod ti angen rhywle i fyw. Ti'n edrych fel person braf, ond mi faswn i'n licio bod yn siŵr byddi di'n cyd-letywraig[1] dda.

Alys Dim problem. Dw i'n dallt yn iawn.

Gwen	Wyt ti'n mynd i'r gwely'n hwyr fel arfer?
Alys	O'r blaen, do. Ond bellach dw i'n mynd i'r gwely'n gynnar.
Gwen	'Sgen ti swydd?
Alys	Oes, dw i'n gweithio mewn bwyty ar hyn o bryd, ond dw i'n astudio i fod yn gyfreithwraig.
Gwen	Be' sy'n well gen ti; te neu goffi?
Alys	Mae'n gas gen i goffi! Ond dw i'n yfed te trwy'r amser! Mi fedra' i 'neud paned i chi, os 'dych chi isio.
Gwen	Hmmm, dw i'n licio ti lot, Alys!
	Nes ymlaen y noson 'na, mae Sioned yn dychwelyd i'r fflat. Mae hi'n gweld Gwen yn yfed paned o de yn y gegin.
Sioned	Felly, fydd Alys yn iawn i aros efo ni?
Gwen	Bydd, siŵr!
Sioned	O, diolch yn fawr!
Gwen	Mae hi wedi cynnig talu i aros, felly dw i wedi cynnig dy 'stafell di iddi hi.
Sioned	Be'?!

So expensive	mor ddrud
Anyway	beth bynnag
Usually / as usual	fel arfer
I hate coffee	mae'n gas gen i goffi
I've offered	dw i wedi cynnig

NODIADAU GRAMADEGOL | *Grammatical Notes*

1. I pondered for far longer than I should have for a term for *'roommate'* in Welsh. In the end, I went for **CYD-LETYWRAIG**. I built it from **CYD-** (= *joint, co-*), **LLETY** (from **LLE** (= *place*) + **TŶ** (*house*) > *accommodation*), and **GWRAIG** (= *woman, wife*). All in all, *a woman who shares accommodation*. What d'ya reckon?

2. **YSTYRIED** represents one of very few verb terms in Welsh that end in **–(I)ED**. **YSTYR** is *'a meaning,'* yielding **YSTYRIED** as *'to consider'*;
   - **WNEST TI YSTYRIED MYND?** = *Did you <u>consider</u> going?*
   - **BE' YDY YSTYR HWNNA?** = *What's the <u>meaning</u> of that?*

3. Although extremely rare in writing, I hear **'SET TI'N** far more than I hear **BASET TI'N** or **BYDDET TI'N** (= *you would be*). In the north-west and south-east, expect to hear **'SA' TI'N** too;
   - **'SET TI'N IAWN** = *You'd be alright*
   - **'SET TI'N IAWN?** = *Would you be alright?*
   - **'SET TI DDIM YN IAWN** = *You wouldn't be alright*

4. **EITHA(F)** is actually a superlative – obvious from its **-AF** ending. In this case, it means something akin to *'extreme'*; **CHWARAEON EITHAFOL** = <u>*extreme*</u> *sport(s)*.
   In this story, and commonly in speech, it's also used to suggest *'quite'* or *'rather'*;
   - **MAE'N EITHA' BRAF HEDDIW** = *It's quite nice today*
   - **ROEDD O'N EITHA' BLIN** = *He was rather angry*

CWESTIYNAU

1. **Beth mae Sioned yn yfed ar y dechrau?**
   What is Sioned drinking at the start?
2. **Pam mae Alys yn bwriadu symud?**
   Why is Alys intending to move?
3. **Pryd mae Alys yn tueddi i fynd i'r gwely?**
   When does Alys tend to go to bed?
4. **Beth hoffai Alys wneud fel swydd?**
   What would Alys like to do as a job?
5. **Ble bydd Sioned yn cysgu o hyn ymlaen?**
   Where will Sioned be sleeping from now on?

ATEBION

1. **Mae Sioned yn yfed gwin ar y dechrau.**
   Sioned is drinking wine at the start.
2. **Achos mae byw yn y ddinas yn ddrud iawn.**
   Because living in the city is very expensive.
3. **Mae hi'n mynd i'r gwely'n gynnar.**
   She goes to bed early.
4. **Hoffai Alys fod yn gyfreithwraig.**
   Alys would like to be a lawyer.
5. **Bydd Sioned yn cysgu ar y soffa.**
   Sioned will be sleeping on the sofa.

48

<u>CYNGERDD WYCH</u>

Mae Owen a'i fab, Mabon, mewn cyngerdd yn gwylio'r grŵp 'Pinc Poeth.' Wrth wylio'r cyngerdd, mae dyn yn dod i siarad gydag[1] Owen.

Dyn   **Bobol bach, y pethau 'dyn ni'n 'neud i'n plant ni! Dw i methu credu mod i yma...**

Owen   Dw i'n gw'bod! Mae'n gyngerdd wych, 'dydy?! Mae'r grŵp 'ma'n dod o'r Iseldiroedd[2]!

Dyn   **Mae caneuon nhw i gyd yr un fath.**

Owen   Ond maen nhw'n dawnsio'n dda iawn.

Mae Owen yn dechrau dawnsio.

Dyn   **Waw, ti'n gw'bod y coreograffi i gyd.**
Mae Owen yn codi'i ddwylo ac yn parhau[3] i ddawnsio.

Owen   Yndw! Dw i wastad yn ymarfer efo fy mab, Mabon.

Dyn   **Enw dy ferch ydy Mabon?**

Owen	O, nac'di siŵr. Fy mab ydy Mabon. Rhain ydy'i hoff grŵp o!
Dyn	Ond... mae'r grŵp 'ma ar gyfer merched. Dw i yma efo fy merch.
Owen	Mae'r miwsig i bawb!

Mae Mabon yn dod tuag[1] at Owen.

Mabon	Dadi, sbïa! Mae'r grŵp wedi sgwennu ar fy nghrys-t i!
Owen	Mae hwnna'n cŵl iawn! Ella bod nhw isio sgwennu ar un fi hefyd!

Mae cân newydd yn dechrau. Mae Owen a Mabon yn dawnsio. Mae Owen yn gweld y dyn yn tapio'i droed.

Owen	Ti'n gweld? Ro'n i'n gw'bod bod ti'n licio'r grŵp 'ma!
Dyn	Na'dw... 'mond y gân yma...

In a concert	mewn cyngerdd
I can't believe	dw i methu credu
All the same	i sydd yr un fath
With my daughter	efo fy merch
To tap	tapio

NODIADAU GRAMADEGOL | *Grammatical Notes*

1. Note how **GYDA** has become **GYDA̲G** here. This is because it comes, in this instance, before a vowel – a little like how **A** (= *and*) becomes **A̲C**. In similar circumstances.

   The same phenomenon happens with **TUA>TUA̲G** (= *to[wards]*) also mentioned in this story, as well as **Â>AG** (= *with*) and **NA>NAG** (= *than*). In Middle Welsh, **EFO** also became **EFOG**, but this is no longer done at all. Instead, some people add a **H-** to the beginning – **HEFO** – for absolutely no reason whatsoever.

2. I've always loved the Welsh word for '[The] Netherlands' – **YR ISELDIROEDD** – because it translates literally as *'the lowlands'* or *'the lands beneath'*;
   - YR = the
   - ISEL = low
     - IS = below, beneath
   - TIR = land
     - TIROEDD = lands

3. Something else I don't believe I fully understand in Welsh is the difference between **PARHAU** and **PARA**. The former was the word I learned for *'to continue,'* but I've since heard **PARA** suggesting much the same thing. It's clear they share the same root, but I have no idea whether they're mutually intelligible or if there's a subtle difference hiding somewhere. If it helps, I just always use **PARHAU**.

CWESTIYNAU

1. **Pa grŵp mae Owen a Mabon yn ei gwylio?**
   Which group are Owen and Mabon watching?
2. **Ydy'r dyn yn hapus i fod yn y gyngerdd?**
   Is the man happy to be at the concert?
3. **Beth mae Owen yn hoffi am y grŵp?**
   What does Owen like about the group?
4. **Yn ôl Owen, i bwy mae'r gerddoriaeth?**
   According to Owen, for whom is the music?
5. **Beth mae'r dyn yn ei wneud erbyn y diwedd?**
   What is the man doing by the end?

ATEBION

1. **Maen nhw'n gwylio 'Pinc Poeth'.**
   They're watching 'Pinc Poeth'.
2. **Nac ydy, dydy o ddim yn hapus o gwbl.**
   No, he isn't happy at all.
3. **Mae o'n hoffi eu dawsnio nhw.**
   He likes their dancing.
4. **Mae'r gerddoriaeth i bawb.**
   The music is for everyone.
5. **Mae'r dyn yn tapio'i droed erbyn y diwedd.**
   The man is tapping his foot by the end.

49

SIOE FFION

Mae Sioned ac Elan yn y theatr.

Elan Sioned, deffra!

Sioned Huh? Be' sy' 'di digwydd?

Elan Mi wnest ti syrthio i gysgu.
Mae Ffion ar fin mynd ar y llwyfan.

Sioned Mae'r ddrama 'ma mor ddiflas!

Elan Dw i'n gw'bod bod hi, ond ffrind ni ydy
Ffion. Roedd rhaid i ni ddod i weld hi.

Sioned Iawn.

Mae Ffion yn dod ar y llwyfan.
Mae hi'n eistedd ac yn dechrau crio.

Elan Pam bod hi'n gwisgo fel babi?

Sioned Mae'r ddrama 'ma'n rhyfedd dros ben[1].
Dw i'm yn dallt dim amdani.

Elan Mae Ffion yn actores dda, ond dw i
erioed 'di gweld drama mor ddwl[2]!

Sioned Gawn ni fynd, plîs?
Dw i'm isio gwylio dim mwy o hyn.

Elan Iawn, ond rhaid i Ffion beidio[3] gweld ni.
Maen nhw'n gadael y theatr. Yn hwyrach
yn y noson, maen nhw'n mynd i gaffi ac
yn gweld Ffion.

Sioned O, na! Ffion sy' 'na!

Elan Mae hi'n dod draw[4] aton ni!

Ffion S'mai! Lle oeddech chi heno? Ro'n i'n
meddwl bod chi'n dod i weld fy sioe!

Elan	Mi wnaethon ni ddod!
Ffion	Wir? Wnes i ddim gweld chi yno.
Sioned	Roedden ni'n ista reit yn y cefn.
Ffion	O, iawn. Be' chi'n feddwl o'r sioe?
Elan	Hmmm... mi wnaethon ni garu hi!
Sioned	Ie! Yn enwedig pan wnest ti grio ar y llwyfan am ugain munud.
Ffion	Diolch! Roedd o mor ddoniol, 'doedd?
Elan	O, yn bendant!
Ffion	Oeddech chi'n licio'r diwedd?
Elan	Yrm... y diwedd? Ie, mor ddoniol!
Sioned	Oedd, mi wnes i chwerthin llwyth!
Ffion	Ti hefyd, Elan?
Elan	Do, roedd y diwedd mor ddoniol!
Ffion	Ond mi wnaeth ci fy nghymeriad farw[5]!
Elan	O!
Sioned	Doedden ni ddim yn medru gweld yn dda iawn o'r cefn.
Ffion	Dim problem. Mi gewch chi ddod 'nôl wsos nesa'! Dw i'n mynd i gadw ddwy sedd[6] i chi yn y rhes flaen!

To fall asleep	Syrthio i gysgu
Really strange	mor ddwl
Coming over to us	dod draw atonni
Definitely	yn bendant
So funny	mor ddoniol

NODIADAU GRAMADEGOL | *Grammatical Notes*

1. **DROS BEN** literally translates as *'over [the] top.'* Although it can be used as English would use *'over the top'* in the phrase **DROS BEN LLESTRI** (literally, *over [the] top of the dishes*), it's more commonly encountered as a means of amplifying an adjective; **HWYL DROS BEN** = *really fun*, **DIFLAS DROS BEN** = *really boring*.

2. **DWL** is so much more than its obvious English equivalent; *'dull.'* In Welsh, it's used to suggest *'daft,' 'dull,' 'nonsensical,' 'silly,'* or *'stupid.'* Not so **DWL** a word, I'd say!

3. **PEIDIO** is most commonly known and used as *'do not'* (i.e., requesting someone/something to refrain from doing something). However, it can double as *'not'* in certain circumstances as a means of negating sentences; e.g., **WELL I MI BEIDIO [Â] SIARAD** = *I'd better not speak*. In many cases in the spoken language, speakers will get away with using **DDIM** in its place.
   Although often dropped in speech, **PEIDIO** tends to be followed by **Â/AG**, especially when used as a command.

4. **DRAW** (pronounced *DRA-oo*) means *'yonder'* or *'beyond,'* but it can be used for *'across'* too, seeing as how it shares a root in **DROS** (= *over*) and **[AR] DRAWS** (= *[all] over, [all] across*).

5. **MARW** doesn't only mean *'to die,'* but it's one of the rare occasions where a verb is exactly the same as its adjective in Welsh; *'dead,'* e.g., **PYSGOD MARW** = *dead fish*.
   To express that someone has died we use **WEDI MARW** or, in more literary and more respectful situations; **BU FARW**.
   BU is quickly becoming obsolete in modern spoken Welsh, but it's essentially another term for **ROEDD**. It's still seen in stuff like **BUES I** (= *I was/used to*) and **B(U)ASWN I** (= *I would/used to*).

6. **SEDD** is used as *'a seat'* for things like **SEDD YN Y SENEDD** (= *a seat in the [Welsh] Parliament*) and **SEDD YN Y CAE RAS** (= *a seat in/at the* Cae Ras). Hearing **SÊT** isn't too uncommon either. **EISTEDD** – often used as *'to sit'* – can also be used as the verb for *'to seat [someone].'*

CWESTIYNAU

1. **Beth mae Sioned yn ei wneud ar y dechrau?**
   What's Sioned doing at the start?
2. **Pwy sy'n actio mewn drama?**
   Who's acting in a play/drama?
3. **Am ba mor hir mae Ffion yn crio?**
   For how long does Ffion cry?
4. **Beth oedd Elan a Sioned yn feddwl o'r diwedd?**
   What did Elan and Sioned think of the end?
5. **Pryd byddan nhw'n gweld y sioe eto?**
   When will they be seeing the show again?

ATEBION

1. **Mae Sioned yn cysgu ar y dechrau.**
   Sioned is sleeping at the start.
2. **Ffion sy'n actio mewn drama.**
   [It's] Ffion [who] is acting in a play/drama.
3. **Mae hi'n crio am ugain munud.**
   She cries for twenty minutes.
4. **Roedden nhw'n meddwl ei fod yn ddoniol.**
   They thought that it was funny.
5. **Byddan nhw'n ei gweld eto mewn wythnos.**
   They'll be seeing it again in a week.

PERTHYNAS HIR-BELLTER[1]

Mae Owen ar alwad[2] fideo gyda'i gariad, Anest.

Owen   'Dan ni ddim yn gweld ein gilydd yn aml. Dw i methu ti...

Anest   Owen, dw i mor sori. Dw i'm yn meddwl bod hyn yn gweithio...

Yn sydyn, mae'r alwad[2] yn dod i ben.

Owen   Anest?!

Mae Owen yn ceisio eto, ond does dim ateb. Mae o'n ffonio'i ffrind, Elan.

Elan   S'mai, Owen. Popeth yn iawn?

Owen   Nac'di! Mae Anest wedi gorffen efo fi!

Elan   Ti'n meddwl mai achos y pellter oedd o?

Owen   Dw i'm yn gw'bod! Mi ddudodd hi fod pethau ddim yn gweithio rhynddon ni! Wedyn, pan wnes i drïo galw[2] hi'n ôl, wnaeth hi ddim ateb!

Elan   Rhaid i ti dd'eud wrth Anest fod y berthynas yn bwysig iawn i ti.

Owen   Mae hi!

Yn sydyn, mae Anest yn galw[2] eto.

Owen   Mae hi'n galw[2] fi! Diolch, Elan.

Mae Owen yn ateb galwad[2] Anest.

Anest   Sori, Owen.

Owen   Anest, gwranda! Mi fedrith perthynas ni weithio. Os ydy'r pellter yn broblem, mi fedra' i symud!

Anest   Huh? Pam?

Owen   Achos mae perthynas ni'n bwysig i fi!

Anest   Go iawn?

Owen   Neu mi fedri di fyw efo fi a Mabon. Ella gawn ni briodi!

Anest   Priodi? 'Mond deufis[3] 'dan ni efo'n gilydd!

Owen   Mae hwnna'n wir. Rhy gyflym. Ro'n i jyst yn poeni...

Anest   Poeni? Am be'?

Owen   Mi wnest ti dd'eud bod hyn ddim yn gweithio rhyngddon ni!

Anest   Ro'n i'n siarad am y fideo! Roedd cysylltiad fi'n wael iawn! Dw i'n licio ti lot, Owen. Ella gawn ni...

Mae'r fideo'n stopio unwaith eto[4].

Owen   Mae gynni hi bwynt. Dydy hyn ddim yn gweithio'n dda o gwbl.

To see eachother	gweld ein gilydd
To come to an end	yn dod i ben
You must say/tell	rhaid i ti dd'eud wrth
I was talking about	ro'n i'n siarad am
She has a point	Mae gynni hi bwynt

NODIADAU GRAMADEGOL | *Grammatical Notes*

1. Ok, so I made this one up, but it seems legit enough. Using terms like **HIR-DYMOR** (= *long-term*) and **HIR-WYNTOG** (= *long-winded*), I added **PELLTER** (= *distance*) to form **HIR-BELLTER** (= *long-distance*). I haven't extensively checked whether or not it's already a term in Welsh so, who knows, maybe I'm a genius!?!

2. Forming nouns from their verb forms is usually done by replacing the verb ending – most often **-IO** or **-U** – and replacing it with endings such as **–(I)AD**. **GALW** (= *to call*) is no different in this case as **GALWAD** is used to mean *'a call.'* Other examples of this phenomenon include;
   - **CYSYLLTU** = *to link, to contact*
     - **CYSYLLTIAD** = *a link, a contact*
   - **RHEDEG** = *to run*
     - **RHEDIAD** = *a run*
   - **HEDFAN** = *to fly*
     - **HEDIAD** = *a flight*

3. Even though it's perfectly fine to say **DAU FIS** (= *two months*), **DEUFIS** is still heard commonly in Welsh. Terms like **TRIDIAU** (= *three days*) and **DEUDDYDD** (= *two days*) also still exist in conversational language.

4. Nothing too interesting regarding **UNWAITH ETO** other than 1) it actually translates as *'once again,'* even though English might prefer *'yet again,'* and 2) knowing that *'yet'* and *'again'* are both **ETO** in Welsh, the fact we missed out on the opportunity to say **ETO ETO** for *'yet again'* will forever make me sad!

CWESTIYNAU

1. **Sut mae Owen yn siarad gydag Anest?**
   How is Owen talking with Anest?
2. **Pwy mae Owen yn ffonio wedyn?**
   Who does Owen phone afterwards?
3. **Beth sy'n bwysig i Owen?**
   What's important to Owen?
4. **Ydy Anest eisiau priodi Owen?**
   Does Anest want to marry Owen?
5. **Beth oedd ddim yn gweithio?**
   What wasn't working?

ATEBION

1. **Maen nhw'n siarad trwy alwad fideo.**
   They're talking via a video call.
2. **Mae Owen yn ffonio Elan wedyn.**
   Owen phones Elan afterwards.
3. **Mae'i berthynas gydag Anest yn bwysig iddo.**
   His relationship with Anest is important to him.
4. **Dydy Anest ddim eisiau'i briodi... eto.**
   Anest doesn't want to marry him... yet.
5. **Yr alwad fideo oedd ddim yn gweithio.**
   [It was] the video call [that] wasn't working.

My hope for this book was, primarily, to fill the gaps between studying Welsh on Duolingo and actually using the language out in the wild. Whereas I'm aware that reaching a level where anyone is ready to admit fluency in any language will take more than a series of short stories, my fingers are firmly crossed that this book has helped even a little.

If you're still craving more, there are a few things you can try to push yourself further:

• **Follow DoctorCymraeg on Twitter**
Pffft, like hell you're not following this hero anyway... but if you aren't, do it now! I've heard he's an absolute delight and is pretty hilarious too. See you there! [**@CymraegDoctor**]. You'll also find a host of quick-fix graphics and cringe-worthy videos on my Instagram page; **doctor_cymraeg**.

• **Cyd-siarad**
Although still in its infancy at the time of writing, www.cydsiarad.com is a new website that myself and some other Cymraeg big-wigs with bags of

experience are putting together to aid learners at all stages of their Welsh-learning journey. Go and check out everything that's on offer and keep coming back as we add more and more content.

• Sign up for a course.

Honestly, if you haven't already, sign up now! There are plenty of awesome courses out these from www.learnwelsh.cymru, be they in person or online. I've been tutoring with these guys for 3 years now and the course is fantastic.

• Watch and listen.

Look, I'll be the first to moan about third person language learning - i.e., the learner isn't part, per se, of the language use - being ineffective, and, on occasions, even off-putting.

However, once you're at a stage to 1) begin to pick up words and phrases and 2) are aware that third person learning can be hard even for a former learner (with a Welsh degree) like me, it can be a great tool; TV especially because you can whack subtitles on.

• Try SaySomethingInWelsh.

Aran Jones, the creator of SSIW, is someone I can (just about) call a friend following fleeting in-person chats and numerous online conversations. His work on language acquisition is mind blowing and has inspired me in many ways in my own teaching and learning.

I can personally vouch for SSIW's effectiveness because I've been following the Cornish and Manx courses via the same website and, my word, it bloody works! I don't know how much it costs, but however much it is... pay it! (Although I'm certain there's a decent chunk for free too!)

• Download ClozeMaster.

I've been playing this delightfully *retro-esque* language-learning 'game' daily for a few years now and, although you never quite feel as though you're learning, every now and again you remember a phrase you've learned from it and realise just how subtly effective it really is.

Essentially, you're given an English sentence and then a Welsh sentence with a word missing from the latter, and your job is to pick the correct missing term from a list of four options.

The free version gives you access to all parts of the game, but I've been paying monthly for a few years and it's definitely worth the added extras you get.

What's more, you can learn five of the six Celtic languages on there (I'm told, at the time of writing this, that Manx Gaelic is on the way too!) which makes it, to my knowledge, one of the only platforms ever to offer this.

• Marry a native speaker.

I can't speak for all of them, but the one I married is awesome. She's helped me infinitely with my Welsh, even if she's definitely trying to make me speak like a north-westerner when she tells me new words or how to pronounce things I've never heard before. Yes, cariad, I'm on to you!

If you don't want to marry one, befriending one and making sure you always use your Welsh with them can be just as effective.

• Read other books.

... like the ones advertised on the final few pages of this book, perhaps? Knowing you've likely picked up this book as a keen Welsh learner, allow me to recommend *'Cymraeg Efo Ffrind'* and *'Cracking Welsh Questions.'* The former offers 100 lists of 20 words and phrases that scaffold learning in colloquial language for all manners of real-life situations. The idea behind it is that you get another person to help you along the journey and, once you've completed it, you'll not only be armed with plenty of Welsh, but you'll also have a ready-made buddy with whom you can use your new language.

The latter, aside from possessing a very clever (if I do say so myself) double-entendre name, has 100 questions - 50 for inspiring general chit-chat and 50 for off-the-cuff conversation - which immediately give the user the tools to feel confident enough to get speaking Welsh. Each question comes with its translation, some useful grammar notes, some example sentences, a few extra topic-specific terms, and dialect variations of the questions themselves.

In the case of both, I wrote them... so you know they'll be absolutely hilarious too!

Right, that's my sales pitch done. Now all that's left to do is to offer you my sincerest gratitude for picking up this book. It's taken me bloody ages, but I've not stopped believing, since starting it back in early 2023, that it has the power to help people in their journeys to fluency in our wonderful language. If it has, why not leave me a lovely review? And if it hasn't and you're thinking that this book has been a bit of a waste of hard-earned cash, go and play some more Duolingo and forget that leaving feedback for online purchases is a thing...

Diolch yn fawr iawn am ddarllen.

Dilynwch Doctor Cymraeg ar Drydar ac ar Instagram

Follow Doctor Cymraeg on Twitter and on Instagram

@CymraegDoctor
doctor_cymraeg
www.doctorcymraeg.wales

OTHER BOOKS BY STEPHEN OWEN RULE

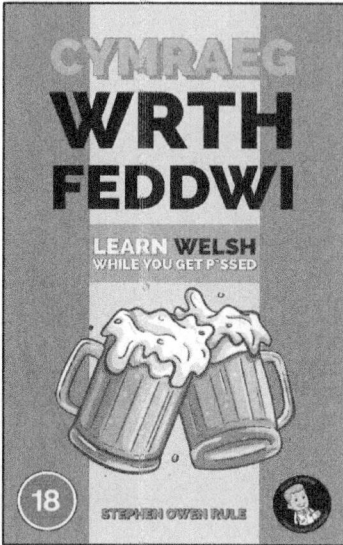

WELSH WHILE YOU GET P*SSED
ISBN: 9798353362296

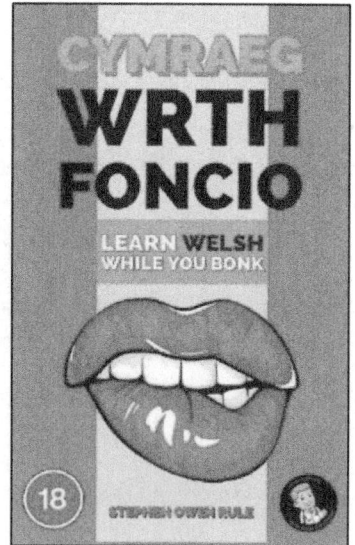

WELSH WHILE YOU BONK
ISBN: 9798422469628

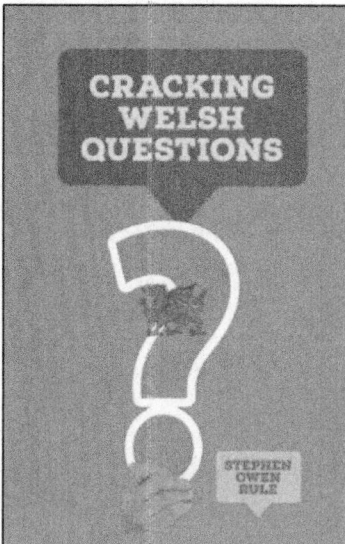

CRACKING WELSH QUESTIONS
ISBN: 9798774777815

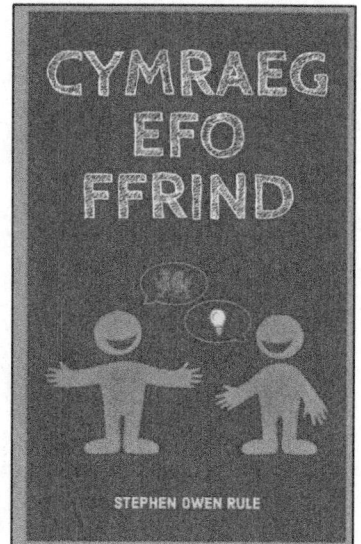

WELSH WITH A FRIEND
ISBN: 9798531490421

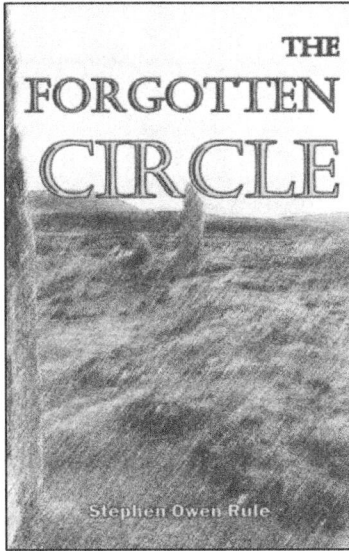

THE FORGOTTEN CIRCLE
ISBN: 979804158080

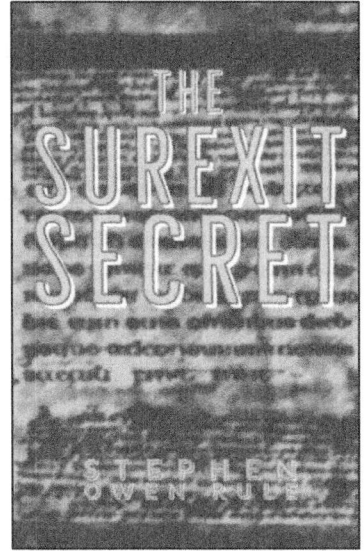

THE SUREXIT SECRET
ISBN: 9798711837435

SAVING CAERWYDDNO
ISBN: 9798717273046

CORNISH WITH A FRIEND
ISBN: 9798354658381

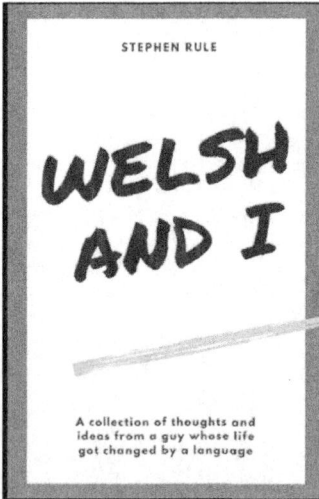

WELSH AND I
ISBN: 9798669438609

GEIRIADUR CYMRAEG-SESOTHO
ISBN: 9798717163989

CELTIC QUICK-FIX
ISBN: 9798585857645

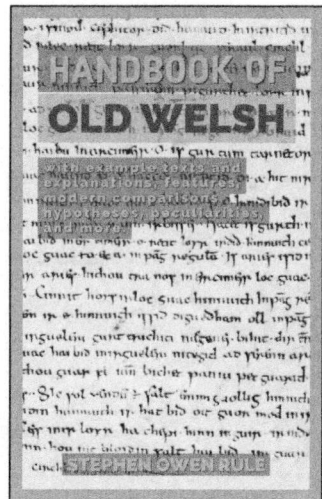

HANDBOOK OF OLD WELSH
ISBN: 9798444225370

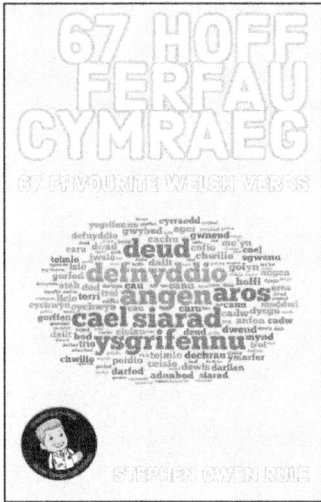

67 FAVOURITE WELSH VERBS
ISBN: 979-8364748805

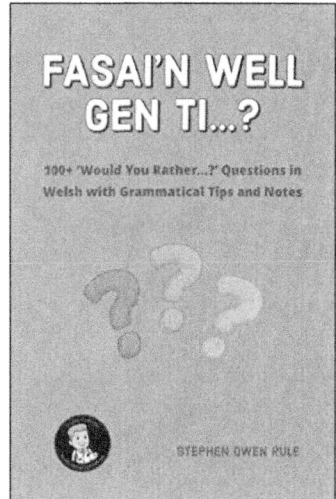

FASAI 'N WELL GEN TI?
ISBN: 9798374624151

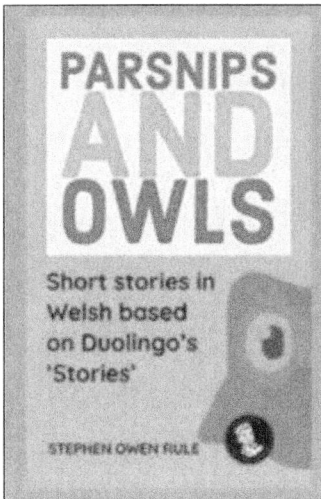

PARSNIPS AND OWLS
ISBN: 9798833259184

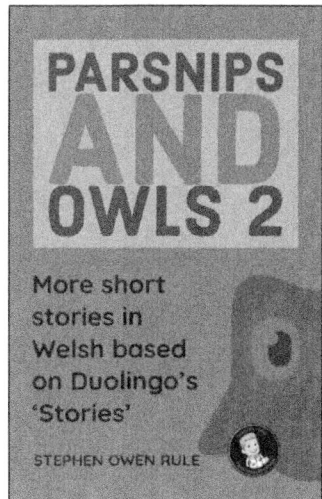

PARSNIPS AND OWLS 2
ISBN: 9798362310783

Printed in Great Britain
by Amazon